JN270368

花火屋の大将

丸谷才一

文藝春秋

役者を褒めるときは、

「ナリタヤ！」

とか、

「オトハヤ！」

とか短く切る。一度、大阪の小屋のこけら落しの初日、

「カンクロチャ〜ン！」

と延ばす嬌声を聞いたことがあるが、あれは例外。そして花火を喜ぶときは、

「カギヤ〜」

とか、

「タマヤ〜」

とか、長く引く。もしもこの本のどこかで、一ぺんでいい、

「マルヤ〜」

と心中ひくくつぶやいてもらへたら嬉しい。

目次

装幀・イラストレーション　和田誠

花火屋の大将

お倫ぴくぴく

シドニー・オリンピックのとき、女子マラソン金メダルの場面を見たあとで家人が言った。

「ねえ、『オリンピック　ピック』って唄、あったわね」

「うん、あった」

とわたしはうなづいて、とつぜん歌ひ出した。

「オリンピック　ピック、スポーツ時代。あがる凱歌《がいか》が聞きたいね」

「あの『ピック　ピック』がわからなかった」

「おれにはわかったな。無茶苦茶な切り方だと思った。こんな唄を作るなんて、ひどいもんだと思った。子供ごころに大人を軽蔑した。自分はいま大人たちを馬鹿にしてる、とはつきり思つたのはあのときが最初だつた、人生で」

「あたしはわからなかつた。『ピック　ピック』で何だらうと思つた」

「君は一つ下だからな。まだ小さいもの」

ロサンジェルス・オリンピックは一九三二年（昭和七年）の夏で、わたしは小学一年生だつた。その前年九月、満州事変がはじまつたとき、厭だなあ、とは思つたけれど、大人に対する軽蔑の念はいだかなかつたやうな気がする。一年と経たないうちに急に成長したのか。言葉にかかはることとなると変に敏感だつたのか。両方？

もちろんハヤシ言葉なるものは知つてゐた。さういふ文学用語の知識はなかつたけれど、実体としては意識してゐた。

『昭和歌謡大全集』といふのを出して来て、調べながら書くのだが、野口雨情作詞、中山晋平作曲、藤原義江歌の（昭和三年）『波浮《はぶ》の港』、

磯の鵜《う》の鳥ゃ　日暮にゃかえる
波浮の港にゃ　夕やけ小やけ
明日の日和は
ヤレホンニサ　なぎるやら

この「ヤレホンニサ」、それから時雨音羽作詞、佐々紅華作曲、二村定一歌（ほう、あれはエノケンの相手役の二村定一が歌つたのか、知らなかつた）の昭和四年『浪花小唄』、

いとし糸ひく雨よけ日よけ
かけた情けを知りゃせまい
テナモンヤないかないか道頓堀よ

この『浪花小唄』は「テナモンヤないかないか」だけしか記憶にないくらゐであつて、つまり時雨音羽は雪国の子供に対してはその部分だけで才能を発揮してゐたのであるが、さういふのを耳にして、唄には何か無意味な文句がつく（こともある）といふことを知つてゐた。いや、その手の流行歌とか歌謡曲よりもさきに、民謡の、たとへば『荘内おばこ』の、これは故郷の唄だから馴染みが深いのは当り前だが、「コバエテ　コバエテ」とか、それからこれは民謡といふよりも軍歌かもしれない『宮さん宮さん』の「トコトンヤレトンヤレナ」とか、とにかく変な文句が大事なところでまじる、さういふルールは一応わきまへてゐた。だから、普通なら咎め立てはしない。

これはロサンジェルス・オリンピックの翌年のことになるが、西条八十作詞、中山晋平作曲、小唄勝太郎歌の『東京音頭』が、「ハア」とか「チョイト」とか「ヨイヨイ」とか「サテ　ヤートナソレ　ヨイヨイヨイ」（これをもう一ぺんくりかへす）とか、うるさくがんばつても気にしなかつた。ただしかし、「オリンピック」といふ一単位の語をハヤシの都合上、二つにぶつた切つて、「ピック　ピック」とやるのはひどいぢやないかと幼な心に反撥したのである。

あの反撥をもうすこし分析してみれば、二つに分けるのはをかしいといふののほかに、もう一つ、語感として変だといふのがあつたらう。「ピクピク」といふのは普通、「こめかみをピクピクさせた」とか、「小魚がピクピク動いた」とか使ふし、「ヒクヒク」は鼻なんかが震へるときの様子、「ビクビク」となればこれははつきり不安や恐怖で、大体マイナス方向の言葉である。オリンピックで勝つ、凱歌をあげるといふのとは結びつかない。変だ、と今なら分析するところだが、子供だもの、そんなふうに理屈は言へない。心で思ふこともできない。しかし心のどこかで、意識の底のほうで、ちらりと感じてゐたのかもしれない。さらには、何しろ上に「オリン」といふ変なものがつくから、お倫といふ婆さんか中年増か年増か娘が、悪い侍か何かに斬られて、のたうちまはり、ピクピク……といふ情景を潜在意識的に思ひ描き、憐れむべし、小さな胸を痛めてゐた……はずはまさかない

けれど、まあそれはともかく、あの反応はわが最初の文藝評論的体験であつて、まことに記念すべきものであつた。

といふ思ひ出に促されて、ついでにもうすこし本式にハヤシを論じようか。

たとへば『日本書紀』神武天皇のくだりに、

今はよ　今はよ　ああしやを　今だにも
吾子《あご》よ　今だにも　吾子よ

といふ戦勝の唄があつて、これはまるで全部がハヤシみたいに見える。しかしあれは、

今は（敵を撃ち亡した）

アアシヤヲ
今だけは（敵を撃ち亡した、また出て来るかも）
わが軍は

といふことになつて、まあずいぶん単純な唄だけれど、アアシヤヲだけが感嘆詞。つまりハヤシはこれだけ。太古の唄そのものの単純さですが、本当はこのアアシヤヲだつて何べんもやつたんでせうね。それ以外のハヤシもついてゐたかもしれない。むしろ普通の言葉とハヤシと、どつちが主成分かわからないくらゐだつたのぢやないか。それを、書くときになると、言葉の反覆は示すけれど、ハヤシはむしろ削りがち、くどく書かないやうにしたのでせう。『万葉集』巻十四東歌だつて、『古今集』巻第二十東歌だつて、歌謡的なものは、あれにいつぱいハヤシがついて、それに言葉も何回もくりかへして、歌はれたに相違ない。たとへば、

わが背子を都にやりて塩釜のまがきの島の松ぞ恋しき

は、案外こんな具合に歌はれたかもしれない。

ヤー　わが背子を
ヤー　都にやりて
アーヨイヨイ　塩釜の　塩釜の
アーソレソレ　まがきの島の
まがきの島の松ぞ
ソレソレ　松ぞ恋しき

もちろんこれは無責任な推測だけれど、当らずといへども遠からずではあつたらう。そしてこのハヤシはもちろん景気つけとか、賑やかしとかの効果を持つけれど、発生的には神を呼ぶ呪術的なもので、笛をピーと吹いたり、太鼓をドンドン鳴らしたりするのと同じことだらう。この、呪術から生れて祭に取入れられ、景気つけのため活用されたレトリックの工夫が、後世まで残つて、「ホウヤレホ」とか、「アレワイサノサ」とか、「サノヨイヨイ」とか、さらに長くなれば「カッポレカッポレ甘茶でカッポレ塩茶でカッポレ」とか、百花繚乱《りょうらん》の盛況となり、その変種としては『潮来節《いたこぶし》』の、

いたこ出島の　ま菰《こも》のなかで
あやめ咲くとは　しほらしや
　来た来た来たサノサノ
讃岐《さぬき》の金毘羅《こんぴら》　狸の金玉

なんてすごいのまで出て来る。これはハヤシの長さといふ点ではもつと長いのがあるかもしれないにせよ、唄それ自体（唄の前半）の抒情性とハヤシ（唄の後半）の滑稽猥雑との極端な対立といふ点で、日本文学史最高のものか。

詞とハヤシとはあるところまで来ると、つまりこの『潮来節』なんかのへんに来ると、分けられなくなりますね。さう言ふほうがいいのかもしれないし、あるいはさういふ唄の作り方もあると考へるのが無難かもしれない。急に話が飛びますが、近頃評判の「モーニング娘。」の唄、といふよりも、つんく作詞作曲の唄なんてものは、詞なのかハヤシなのか、実は先刻来CDをかけて耳を澄ましてゐるのですが、全篇これハヤシみたいである。何だか古代日本へ回帰したやうで、すこぶるめでたい。才人だね、この人。

そしてわたしに言はせると、近代の歌謡のなかで、このハヤシを最もよく用ゐたハヤシの名手は北原白秋であつて、「待ちぼうけ、待ちぼうけ」なんてのは、のつけからハヤシ

をぶちかませてびっくりさせるし、「チョッキン　チョッキン　チョッキンナ」は擬声音とハヤシとの組合せがうまいし、なかんづくただただ吐息をつくしかないのは、あの『ちやつきり節』。作曲は町田嘉章。

唄は　ちやつきり節、男は次郎長
花はたちばな
夏はたちばな、茶のかをり。
　ちやつきり〳〵、ちやつきりよ、
　きやアるが啼くんで雨づらよ。

この「ちやつきり〳〵、ちやつきりよ、／きやアるが啼くんで雨づらよ」こそは日本歌謡史全体のなかで、ハヤシの最高のものであり、畳句《リフレイン》の最上のものである。

即《つ》かざるが如くにして即《つ》く風情がすごい。歌仙における芭蕉と同じ。

そして、ここまで来れば、ついでにもう一つ、戦後日本の詩における、ハヤシの使ひ方の一番あざやかなものをあげて、わたしの小詞華集に花を添へよう。入澤康夫の『失題詩篇』。二連と三連を略して。

心中しようと　二人で来れば
　ジャジャンカ　ワイワイ
山はにっこり相好くずし
硫黄のけむりをまた吹きあげる
　ジャジャンカ　ワイワイ

鳥も啼かない　焼石山を
　ジャジャンカ　ワイワイ
心中しようと二人で来れば
弱い日ざしが背すじに重く
心中しないじゃ　山が許さぬ

山が許さぬ
　ジャジャンカ　ワイワイ
ジャジャンカ　ジャジャンカ
ジャジャンカ　ワイワイ

この唄に作曲した人がゐないのはまことに残念。

握手の問題

『社長学』といふ本が出来るとする。ひよつとすると、もうあるのかもしれない。新書なんかに誰かが書いてゐて、すこしは売れたのかもしれないが、そんなことはまあいいや、とにかくその『社長学』にはいろんな種類の社長心得が書いてあるのだとする。

さうすると、その本に絶対必要なのは「身ぶり」といふ章であつて、その章にはぜひ、会社合併のときその他における握手のし方が書いてなければならない。とりわけ三人も四人もでする、卍巴《まんじどもえ》みたいな握手。あれは練習して置かないといけないな。テレビで見ても写真で見ても、何だか恰好のついてないのが多い。多いと言ふよりほとんどがさうである。だから朝日新聞「天声人語」に「握手合財」なんてからかはれる。政治家たちも連立内閣のときなんかにするが、見苦しいね。

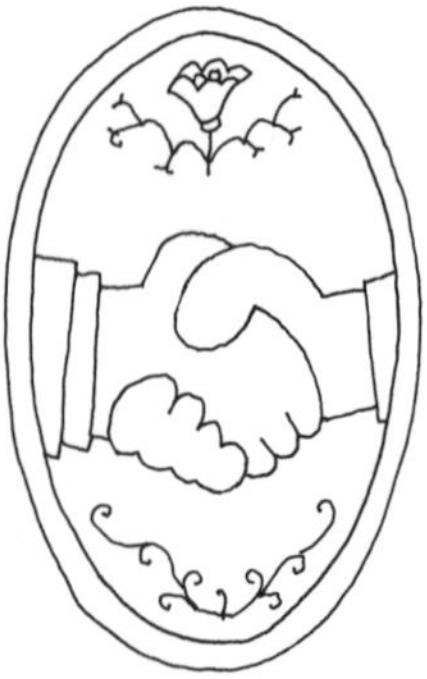

握手の本国である英米の人たちも、あの卍巴型の握手はむづかしいらしい。このあひだ会社合併か何かの記者会見のときには、五人か六人が馬蹄形に並んで、めいめいが片手を同時にさつと前に差出す（握り合はない）のをしてゐた。テレビで見た。あれがいいよ。ああ、やつぱり苦労してるのだなと思つた。しかし、工夫するところが偉い。

それから政治家が二人ゐる写真では、握手してる図柄が非常に多い。彼らは商売柄、握手好きなせいかしら。ヒトラーは出会つた人々と握手をする癖があつた、といふよりもそれが彼の人心収攬《しゆうらんじゆつ》術であつたさうで、東洋史の宮崎市定先生は一九三七年にミュンヘンのカフェーで偶然に出くはし、一言二言、話をしたあと握手してもらつたさうだが、日本の代議士や参議院議員もそれと同じ調子のことを選挙区でしきりにやつて、機嫌を取つてゐて、その延長として政治家同士でも握手するのか。それともあれはカメラマンが握手してくれと注文をつけるのか。

さう言へば若乃花と貴乃花が兄弟喧嘩してゐるといふ噂の最中に、二人が何かで出会つたことがあつて、カメラマンが握手をさせようとしたら断り、何だか問題になつた。しかしあのときわたしは二人に同情したね。不仲になつてゐようとゐまいと、兄貴と弟とが握手するなんて、そんな他人行儀なことをかしいよ。水くさいぢやないか。兄弟は握手なんかする仲ぢやないよ。そんな注文、はねつけるのが当り前でせう。さらに言へば、あのとき、あの新聞記事のあつかひ方（依然として兄弟は和解してないことがこれでわかるみたいな書き方）に対して、ちよつと変ぢやないかと文句をつける評論家が一人もゐなかつたことは日本の言論の……いや、評論家はそんな些末事には口を出さないか。さうかさうか。

そこで話のついでに、もつとどうでもいいことを論じれば、芥川賞、直木賞の受賞式のとき、二人の受賞者が握手してゐる写真が新聞によく載る。あれはどういふ意味なのだらうか。たとへば野球チームの監督とドラフト一位で入団した選手とが二人で握手するのならわかる。同じチームで団体競技をするわけだから。つまりあれは盟約関係のしるしである。しかし二人の小説家はどこまで行つても二人の個人であつて、それが今日ここでいつしよに受賞したのはまつたくの偶然にすぎない。将来、合作で連載小説を書いたりする蓋然性は百に一つあるかなしだらう。まあ全然ないね。それなのに握手させたがるのは、カメラマンたちが文学について何か勘ちがひしてるのぢやないか。と言ふよりもむしろ、二人の人間をいつしよに写すときの構図について、智恵がなさすぎるのぢやないか。政治家たちを撮るときも、あんなにしよつちゆう握手させるのは工夫が足りない。たまには腕相撲でもさせたらどうだ。

なんて具合に当り散らすのはどうしてか。どうやらわたしは握手が嫌ひらしい。日本人の握手のし方は下手だし、そのくせやたらに握手をしたがる。させたがる。外国人は、握手に慣れてゐるから、たとへば例の卍巴の（二人以上の）握手をしなければならないときは、どうも恰好がつかないなと反省すると、新方式を発明する。こちらは伝統が浅いから、さういふ自己批判をしない。平然としてサマにならないことをつづける。それに、日本人の握手には何か偽善的なものが……うんと大げさに言へばですよ、感じられるのね。心にもないことをしてるやうな気配。あれがどうも困ります。

今度いろいろ本を集めて調べてみたのですが、一番おもしろいと思つたのは、デズモンド・モリスの本のなかに、恋人同士は握手をしない、とあつたことだ。モリスいはく、「これはわかりきったことと思われるかもしれないが、やはり意味深いポイントである」と。たしかにさうだ。握手をするのは、西洋人にとつてさへ水くさい感じなのである。さつき例に引いた、相撲界の兄弟が厭がつた（照れくさがつた）のもこれと関係があるね。あの場合はそれだけではないにしても、この側面とちよつと関係があるね。そしてモリスはこんなことを言ふ。たとへば結婚歴十二年のイギリス人の男に、最後に奥さんと握手したのはいつだつたかと訊ねてごらん、十二日前と答へる男より十二年前と答へる男のほうがずつと多いはず、と。兄弟だつてさうだと思ふよ。

ここでついでにモリスの受売りをもうすこし。

彼に言はせると、握手が日常的な礼儀作法として確立したのは十九世紀のイギリスださうで、つまりあれは意外に近頃のことなのだ。これは中流の商人階級が勃興したことの結果で、彼らは商取引とか通商とかに際して商売相手と仲よくしなければならない。そこで古代ローマ以来の盟約のしるしである、手を握りあつて振るしぐさを、日常生活に取入れた。これがイギリスからフランスに伝はつて、フランス語の le shake-hand になつた。つまり英語そのまま。ピーター・コレットの本によると、フランス人はこれが大好きになつて、一日のうち同一人物と何回も握手をする（イギリス人は会つたときと別れるときと二回だけ）といふ。さうかしら。何しろこの手の、風俗習慣を論じた本、国民性を論じた本といふのは誇張が多いからな。話半分に聞いて下さい。

ところで握手が十九世紀イギリスの商人の作法だといふのは意味深長ですね。それはこれが十八世紀的な、宮廷風の、優雅な作法ではなく、ブルジョアの時代の、せつかちな、洗練を欠く、実用性のあらはれだといふことを示す。

では宮廷風はどうしてたかといふと、これは話が厄介になりますが、まづカートシーといふのをやつてゐた。ほら、女優とか女の歌手とかが観客に対して、片足を一歩引いてころもちひざまづくやうな挨拶をするぢやないですか、ああいふのを女はもちろん、男もやつた。手やなんかにするキスもあつた。握手にはさういふ礼法と違つて対等性の表現といふ美点はありますけどね。握手は、第一に面倒くさくないし、第二に平等な人間関係を

示すのに都合がいいから広まつたのである。しかし、その分だけ趣がないね。どうも風情に乏しい。

ホイジンガは、十九世紀は労働服である背広を着込んでゐると言つて軽蔑したけれど、その伝でゆけば、十九世紀は商談のための礼法である握手をみんながする、とも言へるでせう。そして二十世紀後半になると、背広はすたれようとしてゐるが、握手はいよいよ盛んだね。日本では殊に。

わたしは何しろ、絵ならワトーとシャルダンに限る、小説はフィールディングとその他いろいろ、音楽はもつぱらモーツァルトといふ十八世紀好きですから、それで握手が性に合はないのかもしれません、日本人の握手下手への嫌悪といふ条件は抜きにしても。それからまた、カメラマンの圧制に対する抵抗といふことを別にしても。

と書いてから、実はここで告白しなければならないことがある。さつきから気がついてゐた。

『女ざかり』の映画化のとき、たしか三越だったかで催し物があつて、主演の吉永小百合さんとわたしが公開対談をした。そのあとでカメラマンから二人で握手してくれと求められた。そしてわたしは、日頃の思想といふか、年来の主義主張といふかをあつさり捨てて、むしろ喜んで握手したのですね。ウーン、どうも立場が一貫してないな。面目ない。しかし、これは言ひわけにはならないかもしれませんが、触れるか触れないかくらゐのごく軽い握り方でした。

天童広重

江戸時代に東北の人々は江戸みやげとして、名所を描いた浮世絵をよく買つて行つた。それを明治、大正になつてから売りに来た。これは欧米人の評価のせいで浮世絵の値段が急に上つたせいだが、東北からの売り手を迎へる都合上、当時、浮世絵商はたいてい上野にあつたと山口桂三郎は書いてゐる。わたしはこのことを知つて、おもしろくてたまらなかつた。上野駅と浮世絵との関係なんて、一ぺんも考へたことがなかつたのである。しかし、一八六二年のロンドン万国博、六七年と七八年のパリ万国博のせいでジャポニスムがはやりだし、明治二十年（一八八七）ごろから浮世絵が日本で売れ筋の商品になつたといふことを一方に置き、他方に、東京＝青森間の鉄道開通が明治二十四年（一八九一）だといふことを置くと、話の辻褄はたしかに合つてゐる。印象派の画家たちとパリの美術愛好

者たちの日本発見は、妙なところで雪国の経済に波及したわけだ。話の規模が大きくていいぢやないか。

それに、実を言ふとかういふ事情もあつた。わたしは江戸みやげとして名所絵が使はれたことを知つて、なるほどこれがあるから「天童広重」なんてものが成立したのだと納得したのだ。東北人の名所絵好きといふのは日本美術史における奇妙な一現象をかなりよく説明してくれるものであつた。

でも、いきなり「天童広重」なんてこと言ひ出されても困るでせう。ゆるゆると説明します。

「國華」といふ贅沢かつ高級な美術雑誌があつて、これは国華社から出てゐますが、発売は朝日新聞社で、実際はまあ朝日が出してるやうなもの。現代日本文化の名誉を高める出色の雑誌です。もちろん古美術専門で、しかも東洋に限る。たとへば梅原龍三郎や奥村土牛や池田満寿夫は扱はない。レオナルドも、ワトーも、ピカソも、エッシャーも出て来ない。ところでこの雑誌の一二六二号（二〇〇〇年十二月に出た号）が天童広重特集号でしたが、わたしはこれではじめて、あの浮世絵の広重にまつはる不思議な史実を知つたのである。

それによると、山形県天童の近辺の旧家には、広重の肉筆浮世絵の双幅や三幅が多いといふ。このへんは小林忠さんの巻頭論文『歌川広重と天童広重』を参考にして書いてゐるのですが、市川信也氏作製の目録によると、三幅が十四組、双幅が三十八組、さらに一幅で伝はる五図を加へて計一二三図。失はれたものや未発表のものを合せると、すくなく見積つても約一〇〇組、二〇〇幅以上にのぼるはず、と推定されるのですね。江戸で活躍してゐる有名画家の肉筆画が、こんなにたくさん、失礼ながら辺境の小都市とその近郊にあるのはなぜなのか。これは問題ですね。何しろあのあたりは、紅花と将棋の駒しか産業はないのだから。いや、実を言ふと、将棋の駒を作り出したのはもうすこし後だつた。

そのへんの事情がよくわかるのは、現在ＭＯＡ美術館所蔵の「犬目峠春景、猿橋冬景図」双幅にまつはる事情によつてである。これは左右に樹がある峠道から富士山を遠望する図と、谷間にかかつてゐる橋を望む図との組合せで、なかなか出来のいい淡彩画ですが、この箱の底に一文が記してある。それによると、天童藩内の藏増門伝村の名主、源治郎が、嘉永四年（一八五一）の十二月二十六日（ずいぶん押し詰まつてゐる）に領主の織田信学から拝領したものであること、そして本来ならばこの日には、天保十三年（一八四二）からはじまつた一年三両づつ合計三十両の御用金を利子をつけて返してもらふはずの日であつたのに、払つてもらへないだけではなく、さらに来年から向う十年間三両づつ三十両の御用金を約束させられて、その「御奉公」に対する褒美の品として下賜されたものであつた。いやあ、すごい財政対策！　後世のわれわれとしては、なるほどなあ、これは美術品の使ひ方としてかなり独創的な手だなあと感心すればいいけれど、名主の源治郎さんとしてはたまつたものぢやないね。利子は除いても合計六十両で絵が二幅。ずいぶん高い絵だと思つたことでせうな。

でも、源治郎さんなんかまだしもいいほうで、もつとひどい目に会つてる人もゐる。これは誰なのか不明なのですが、現在、浮世絵太田記念美術館所蔵の近江八景三幅対の箱書を書いた人物は、

織田兵部少輔様ヨリ
　拝領也
但
寅年より酉年迄弐拾ケ年賦
御用金三百両上納ニ付

と書きつけた。寅年は天保十三年（一八四二）、酉年は文久元年（一八六一）。別にほしいとも言つてゐない三幅の絵を三百両で売りつけたわけで、無茶苦茶な話。腹が立つのは当

り前。憤激したこの某氏は「御拝領」と書かずに「拝領」の語をもつてした、といふのは小林さんの解釈。これは鋭い眼光ですね。なほ、小林さんは、これは藩外の富商（たぶん山形の豪商）への割当てだから金額も多いのだと言ひ添へてゐる。つまり領内の者に対する思ひやりのあらはれか。

出羽国天童藩は織田信長を先祖とする外様大名でありまして、家柄は高いが禄高は二万石にすぎないし、小藩なので城は築かず、堀もめぐらさず、天童堰の用水が館を囲む。何しろひどい窮乏ぶりで、苛斂誅求《かれんちゆうきゆう》もかなりのもの。年貢《ねんぐ》は近隣の天領にくらべてずいぶん高かつた。そんなわけで、織田兵部少輔も大変なら、家臣も、領民も、それから藩外の商人も大変だつたのである。

いや、ほかにもゐるね。江戸の浮世絵師歌川広重にしたつて、本当はこんなもの描きたくなかつたのに、知合ひから頼まれて、厭と言へなくて、やむを得ず引受けたのかもしれない。広重はちようどそのころ、濃い色調を好む大衆の需要に応へて版元が摺師に濃くさせるのを嫌ひ、肉筆画を好んで手がけてゐたし、それに、天童広重のなかには弟子（大勢ゐた）に手伝はせたと覚しき工房作品がかなり多いと判断されてゐるけれど、貧困をもつて鳴る天童藩が大枚をはづむはずはない。このへんのことは、表装だつて、箱だつて、江戸で然るべき職人の手をわづらはしたものではなく、天童でなされたものらしい粗略な出来だといふことからも見当がつく。つまり、これは広重にとつてかなり迷惑な依頼だつたのではないか。

しかしここでちよつと余談を記したい。借金を踏み倒してさらに同額を借りる代りにお礼として掛軸を贈るといふのは、後世のわれわれから見るとかなり興味深い美術品の利用法ですが、それで一つ思ひ出すことがある。

亡友百目鬼《どうめき》恭三郎は突飛なことを考へるたちでしたが、ある日、茶道についてこんなことを言ひ出した。

「あれは豊臣秀吉の天才的発想だね。戦争で勝つたびに、家来に領地をやつてゐてはたまらない。第一、日本は狭いから領地がなくなる。そこで茶碗を御褒美にする手を思ひついたんだな。古茶碗をどこかから持つて来て、名物だとか、大名物だとか勿体をつけて、一国一城の代りにした」

「なるほど」

「茶碗をこんな目的に使ふためには茶道を盛んにしなくちやならない。そこで自分も茶道に凝つたふりをした。戦国武将なんて他愛がないからイチコロだつた」

「ほう。するとその箔をつける役として千利休がゐたわけね」

「さうだ、千利休。秀吉が自分で、この茶碗はいいぞ、なんて言つても有難味がないから、

権威を作る必要があつた。それが千利休といふ批評家。大体ですよ、批評家といふのはいつの時代でもさういふ役まはりなんです。今の日本でもね、たとへば……」

などと物騒な話になるのだつた。その剣呑な話の詳細はきれいさつぱり忘れてしまつたが、そのときわたしが、茶碗をもつて領地の代用とする奇策を立てたのは果して秀吉かしら、利休かもしれないし、信長かもしれぬなどと異を立てて、それであれやこれやと論じ合つて、つひに意見の一致を見なかつたことはよく覚えてゐる。懐旧の念に堪へない。

ここで余談終り。

さてそれなら、借金棒引きのため広重の肉筆画を使ふといふ名案を思ひついた智恵者はいつたい誰だらう。わたしは、この人物はきつと、天童や山形や米沢では江戸みやげの名所絵（江戸絵と呼ぶ）が喜ばれることに注目してゐたにちがひないと思ふ。つまりかなり下情に通じてゐたし、自分自身、国へのみやげとして江戸絵を携へ帰つたことのある人ではないか。もちろん、みやげには美人画よりも風景画のほうが無難だなんて、体験してゐたらう。ひよつとすると、一ぺん春画をみやげに持ち帰つたことがあつて、大喜びした相手もゐたけれど、大いに立腹、義絶を申し渡す男も……いや、そこまではゆかないまでも、渋い顔をされたりした体験の持主。

ここで極めて巨視的に浮世絵論をやりますと、文化三年（一八〇六）歌麿が亡くなると、美人画は頽廃の度を強めた。代つて人気を博したのが風景画で、北斎の『富嶽三十六景』が天保二年（一八三一）から翌々年にかけて出され、広重の保永堂版『東海道五十三次』が天保四年（一八三三）からこれも翌年にかけて出たのが、この分野の代表作になつたことは言ふまでもない。なかでも広重の風景画は、抒情的で、わかりやすくて、そのくせ洋風画法を上手に取入れてゐて、清新である。とにかく風景画は人気があつた。このころ浮世絵の一点あたりの発行部数が急に増えたといふのも、風景版画の需要が多かつたことの結果でせう。

そこで、例の名案を出した人物は、まさか美人画を殿様が下賜するわけにはゆかないけれど、風景画なら恰好がつく、とか、版画でもあれだけ喜ばれるのだから広重の肉筆画、それも双幅や三幅なら御《おん》の字だらうとか、考へたのぢやなからうか。ここでちよつと注のやうにして言つて置けば、山水画の双幅ないし三幅といふのは当時の武士のすこぶる好むものであつたらしい。その山水画を世話に崩したのが浮世絵師の描いた風景画といふことになるでせう。

ところで問題のプランナーだが、これに二説ある。

以前は、天童藩の江戸留守居役、吉田専左衛門（一七九五―一八五四）だらうと言はれてゐた。これは小島烏水《うすい》の説で、烏水は登山家として有名だが、浮世絵にも趣味があつて、天童広重についての最も古い文献を大正八年（一九一九）に書いた。それには、この吉田専左衛門は狂歌が好きで、檜山梅明に弟子入りし、文歌堂眞名富といふ狂名を持つてゐたが、広重もまた東海堂歌重といふ狂名で狂歌を詠み、同じ梅明門下であつた。そして、梅明撰の狂歌本に挿絵を描いてゐるし、それには彼の狂歌が数多く撰入してゐるといふ。この小島烏水の説のせいで、江戸留守居役吉田専左衛門こそ天童広重といふ珍手を思ひついた男にちがひないと長く信じられてゐたのである。なるほど、狂歌で結ぶ縁となれば、こんな変な相談もしやすさうな気がしますね。かなりいい線いつてるみたいである。

しかし昭和六十四年（一九八九）に武田喜八郎氏の新説が出た。田野文仲なる人物（一七八九―一八六一）ではないかといふのである。実に七十年ぶりであつて、何か感慨にふけりたくなりますね。おや、ぼく一人の感慨にすぎないか。誰も何とも感じないか。まあそれでもいいけれど。

田野文仲は天童藩医の子として江戸に生れたが、文政二年（一八一九）にどういふわけか脱藩、諸国を歴遊したのち、江戸浅草で医者として暮しを立てた。天保五年（一八三四）に帰藩したが、家格を落されて侍臣末席となる。ところがこの人物が広重に自分の肖像画を描いてもらつてゐるのですね。この絵を伝へ持つてゐる子孫の佐野家（田野家は明治になつてから改姓して佐野家となる）には、「文仲は広重と親しい仲で、藩財政のため広重に肉筆の絵を依頼し、その使ひ走りもした」といふ言ひ伝へがあるといふ。

そして、文仲は嘉永二年（一八四九）に江戸詰めから天童帰国を命ぜられ、安政四年（一八五七）には家格俸禄を旧に復されてゐる。当然、その間には何らかの功績があつたと見るべきでせうが、文仲が天童に帰つた翌々年の十二月には例の広重肉筆画の下賜があつた。ウーム、やはりこれでせうね。

結局、綜合して考へると、田野文仲が立案者であり、そして受取つた絵を天童へ運んだと見るのが当を得てゐるやうな気がします。医者のほうの腕はともかく、さういふ才覚に長《た》けてゐる男だつたのではないか。これはやはり武田さんの探求ぶりを褒めるしかない。

わたしがもし学者なら武田説を全面的に支持しますね。

などと奥歯にもののはさまつたやうなことを言ふのは、小説家としてのわたしは小島烏水の説にいささか未練が残るからである。彼の説が正しくて、あれは吉田専左衛門が立案したのだつたらおもしろいのにな、といふ面白半分もいい所みたいな気持がかなりある。

といふのは、没年その他から見ておそらくこの吉田専左衛門と同一人物であるらしい吉田守寛の息子、吉田大八へのわたしの関心のせいにほかならない。吉田家は用人または家老として織田家に仕へた家柄で、大八は諱《いみな》は守隆、天保三年（一八三二）、守寛の子として江戸藩邸に生れた。弘化三年（一八四六）父守寛が致仕（退任）、大八は十五歳にして家督を相続し、給士として出仕して、百五十石を給はる。途中経歴を略すことにしますが、元治元年（一八六四）には中老に任じられ、藩内の産業振興策を立てた。これまでの藩政は御用金を命じるだけの横暴かつ無為無策なものだつたが、大八は養蚕製糸業、養鯰業（ナマヅを飼ふ）、将棋駒製造業などを企てたのです。殊に下級武士の内職として将棋の駒に字を書かせるといふのはすごいアイディアでした。それまでは米沢藩でほそぼそとやつてゐたのをちやつかりと学んで、大がかりな産業にしてしまつた。今日、日本の将棋の駒の九〇パーセントが天童で作られるといふシェアの大きさはよく知られるところですが、これをもつても吉田大八の企画力のすごさがわかるでせう。残念なことに明治元年（一八六八）、彼は藩の佐幕派との争ひに敗れ、切腹してしまつたけれど、とにかく彼の先見の明はすばらしかつた。もし長生きしてゐれば、日本中の将棋の駒だけではなく、碁石も、花札も、歌かるたも、トランプも、彼の支配下にあることになり、任天堂以上の大会社の創業者社長となつたことだらう。絶対さうですよ。

その独創的な企画力をわたしは、吉田家の家風としてとらへ、父子二代、じつに卓抜なプランナーであつた、父親は広重の肉筆画を用ゐて金を払はないといふ案を立て、息子は将棋の駒で儲ける策を工夫した、と考へたいのですね。その、吉田家の家風としての企画力、創意工夫の才能をたたへるためにも、何とかして、江戸留守居役吉田専左衛門守寛が、狂歌の縁で広重に頼んだといふことにしたい。

しかしどうも、田野文仲のほうも無視できないやうである。困つた。仕方がないから、ここは一つ妥協（？）して、隠居の身である吉田専左衛門と藩に復帰した田野文仲とが、どこかで一杯やつてるうちに思ひついた、といふことにするか。

コラム論からスパイ論へ

菊池寛は雑誌編集の名人だつたが、コラムを重視した。「文藝春秋」に自分自身、「話の屑籠」といふコラムを書いたし、芥川龍之介に頼んで「侏儒の言葉」を書いてもらつた。社員の古川緑波《ロッパ》が「社中日記」といふコラムを創案したときは大喜びした。この欄は今でもおもしろい（号もある）ね。昔にくらべればぐんと落ちるといふ下降史観的な批判もあるが、あれは近頃は社員が秀才ばかりで「社中日記」向きの人材が払底してるから、といふ意見もある。果して然りか。もしさうなら、名物コラムのためにも入社試験の方法を見直さなくちや。

それはともかく、菊池寛のコラム重視の方針は英米ジャーナリズムに学んだものでせうね。英米の新聞雑誌はその点たしかによく出来てゐるし、有名コラムニストは高禄をもつて召しかかへられるといふ。たとへば「スペクテイター」に載るタキといふ社交界記事ライターの「ハイ・ライフ」といふコラムなどじつにおもしろい（ときもある）。と括弧のなかで声を落すのは、かなりの場合、何を言つてるのかわからないからである。語学力不足のせいもあるが、社交界その他の事情を知らないから、話が呑み込めない。タキの選集は河出文庫から出てゐた（『ハイ・ライフ』井上一馬訳）けれど、今は手にはいるかしら。ああいふ難物を上手に訳せる井上さんには脱帽せざるを得ない。そのなかのチャールズ皇太子の一日をからかつた一文なんか、抱腹絶倒の名作にしてかつ名訳だつた。これはちよつと引用したい所だけれど、よしませう。といふのは、これからいろいろ引用が多くなるんです、今回は。

さて、日本の話。このところ日本の雑誌の無署名のコラムで毎号見のがさないやうにしてゐるのは「現代」の「早耳空耳地獄耳」。これは存在すら知らない人が、ジャーナリストにさへ多いけれど、読みごたへ充分な四ページですよ。名誉毀損《きそん》すれすれのゴシップが多いが、才筆できれいに処理してゐる。でも、ここでは、危険がちつともなくて大いに笑へるものを一つ引きませう。

若者たちが自由な意見を言い合うＮＨＫ教育テレビの『真剣10代しゃべり場』。先日、**田中角栄**の名前が出たとたん、ある女の子から質問が——。「あのう、タナカカクエイって誰ですか?」。スタジオがシーンとなる中、女の子はすぐ立ち直った。「あ、『北の国から』に出てた人だ」。昭和も遠くなりにけり。

わたしはテレビを見ないから、かういふ記事は嬉しいのですね。

もう一つ。

明治神宮が妙な人気スポットになっている。なんと**UFO**。その道の研究者や愛好家の間で多発地帯としてマークされている。昼日中、神宮の森の上空20mほどを、銀色の円盤型UFOが飛ぶという。明治神宮によれば、「そんなことは絶対にありません」。だがUFOファンたちは言う。「UFOは信ずる者の前にだけ現れるのさ」。

世事に疎いわたしにはこのコラムは貴重な情報源で、例の機密費つかひ込みの外務官僚がアケミといふ女人と親しいなんてことも、彼の持ち馬の名前が彼女のゆかりでつけられたといふ記事で知つたのだつた。そこで思ひ出す。昔、舟橋聖一さんはモモタロウといふ馬の馬主で、あれは藝者の名から取つたのだらうと噂されたが、しかしここで強調しなければならないのは、舟橋さんの場合は馬も藝者もみな自分の稼ぎによるものなのに対し、あの官僚の場合は……こんな当り前の話は詰まらないね、よしませう。

と、ここまで書いた所へ「現代」四月号到来。まづ「早耳空耳地獄耳」を読むと（この題は「早耳空耳」のほうがしやれてたね）、

ホモの街・新宿二丁目にこのところ**レズ・バー**が急速に増え、いずれも繁盛している。刺激を求めて女性文化人らも続々来店。女優のF・MやN・Mも現れる。残念ながら男子禁制。

といふのがあつて、大いに笑はせる。

さらに、これは二つつづきで紹介するが、

泥沼のような外務省の**機密費流用事件**。「いちばんトクをするのは警察キャリア」と外務省の某キャリアが言う。捜査で恩を売れば在外公館の警察ポストが増えるし、機密費の恩恵も広がるかもしれないから、と。反省の色、まったく無し。◆

ＪＲ新大久保駅でホームから落ちた男性を助けようとして二人が巻き添えになった事故で、外務省が省を挙げて、韓国人留学生の遺族に渡すための「李秀賢募金」を始めている。一口１０００円だが、一人一〇口以上が暗黙の通達。機密費から流用なんかするなよ！

最後の一句がいいね。

しかし、どうしても機密費から逃れられないらしいね、今日この頃のわれわれは。それならいつそ、このコラム論もその線で徹底することにしようか。

さう言へば毎日新聞の「近聞遠見」といふ岩見隆夫さんのコラムは、いつも見のがさないやうにしてゐるが、先日、岩見さんは例の機密費問題を論ずるに当つて、明石元二郎を引合ひに出してゐた。すばらしい連想力。といふか、むしろジャンプ力。コラムの上手下手には、かういふ思ひがけない話題を出せるかどうかが大きいのね。

明石元二郎は言ふまでもなく明治期の軍人。日露戦争のときストックホルムにあつて、亡命ロシア人、ポーランド独立党、フィンランド革命派その他と交渉し、ロシア国内において暴動を起させたり、ロシア軍内のポーランド人に対して日本軍に投降せよとすすめたり、大活躍した。岩見さんいはく、ロシア革命扇動は、奉天大会戦、日本海海戦の勝利と

ともに日露戦争勝利の三本柱だと言はれたが、この革命扇動の主役が明石工作である、と。また、黒羽茂さんいはく、「たとえ日露戦争中連合艦隊に東郷平八郎大将が坐乗していなかったとしても、日本海軍は日本海海戦において勝利を博したかも知れないし、また、第三軍司令官乃木希典大将がかりにいなくても、奉天の大会戦において日本陸軍は勝利を収めえたかも知れないのである。しかし当時一人の明石大佐がもしいなかったならば、おそらく日露戦争はあのような輝かしい勝利のうちにその終結を見ることはできなかった」と。

その他、彼をたたへる賛辞は多い。じつに多い。なかでも有名なのは司馬遼太郎『坂の上の雲』で明石を描いてゐる箇所でせう。たいていの人はあれで知つてるのぢやないか。

もつとも近頃は反論もある。

稲葉千晴さんの『明石工作　謀略の日露戦争』は、いはゆる「明石工作」は神話だつたといふことを書いたもので、明石は大金を費したが、ロシアの社会主義者の統一戦争と武装蜂起に失敗したと見る。さらに、彼の工作は「ツァーリ政府の弱体化に、ほとんど影響を及ぼしていない。もちろん、日露戦争での日本の勝利とはまったく結びつかなかったのである」と断定する。

どうも、きびしいな、と思ふ。わたしとしては（何しろ望遠鏡で隣りの国を見るやうな話だからあまり自信はないけれど）、明石大佐の指導したロシア革命運動が日露戦争に与へた影響は次の如し、といふ黒羽茂さんの考へ方もまた捨てがたいと思ふのですね。黒羽さんの意見を三項目にまとめると、

(1)　ロシア陸軍参謀本部は、虎の子の有力師団を満州へ出動させることができなかつた。国内情勢が険悪だつたからである。

(2)　満州へは訓練が足りない後備兵をまはした。

(3)　革命党の攪乱工作の影響が遼陽戦のころから出て来て、軍隊、軍艦、軍需工場内に浸透し、士気を阻喪させた。

わたしとしては、これは非常にあり得ることのやうな気がするのですね。ただし、原因（明石工作）と結果（国内情勢険悪、弱兵の満州行き、士気阻喪）との関係を具体的＝直接的に證明するのは誰にだつてむづかしいと思ふけれど。

ところでさつき紹介しかけた岩見さんのコラムは、明石工作を大成功と評価した上で、かうつづくのである。

さて、明石一人が対露工作に使った機密費は、今の外交機密費の約2年分にあたる。戦時と平時では事情がまったく異なるから、比較の意味は乏しいが、実はもっとも注目すべきは、額の大きさよりも公金に対する明石の態度だ。

明治を代表するジャーナリスト、徳富蘇峰が、

「彼（明石）は当代まれにみる清廉の人であった。子孫のために美田を買わずとは、真に彼のことである。その眼中、常に国家あるのみで私事なく、従って、字義どおりに、家にいささかの蓄えない人で終わった」

と語っているが、明石資料には次のエピソードなどが残っていた。

朝鮮時代、東京・檜町の明石の留守宅が長年手入れをしないので破損し、雨漏りが激しくなった。母親が朝鮮に赴任する某将軍に、至急修繕を、と伝言を頼み、将軍は、

「いやしくも将官の家だ。さっそく修理したらどうか」

と勧めたが、明石は黙して答えない。某将軍は、この反応をみて、

「思うに、これは明石の注意の周到な点で、もし家を修繕すれば、多くの機密費を有する職業柄、そのほうから出したのではないかと痛くもない腹を探られ、世上の誤解を招くのを恐れたからではないか」

と感想をもらしたという——。

やや美化されて〈明石神話〉になっているかもしれないが、〈誤解を恐れる〉という態度が重要なポイントと思われる。機密費という領収証のない公金を使う立場の公人は、たえず身辺をきれいにしておかなければならない。


まことにその通りで、わたしはこの論旨に大賛成だけれど、しかし明石元二郎は岩見さんが記す以上に（！）清廉なスパイだつた。

第一に彼は、受取つた機密費百万円（今の八十億円くらゐか）の残金二十七万円を返した。つまり、懐に入れるつもりなら入れることができた二十億円くらゐを見す見す返したのである。ああ勿体ない、と溜息をつく向きもあらう。このことについてリチャード・ディーコン著『日本の情報機関《シークレット・サービス》』にはかうある。

この資金は浪費されるどころか、終戦時点でなんと残高があったのである。日露戦争が終結したとき、この金額の約四分の一――正確には二七万円――が未使用のまま残っていた。いったい歴史上、こんな記録を残したスパイ・マスターが何人いたであろうか。しかもデカンスキーという明石配下の工作員が、オデッサで暴動を起こす目的で四万円を受け取ったことがあったが、一九〇五年六月、実際にその地で暴動が起こったという記録が残っているのである。

明石は世界のスパイ史上まつたく例外的なスパイ・マスター（スパイ団の首魁）であつた。ディーコンさんは一体に日本びいきの人のやうですが、かういふふうに日本のスパイを褒められると、わたしは、あまり愛国の血が騒がないたちなのに、妙に嬉しくなるのですね。何だか、自分の伯父さんを尊敬してゐる人物に出会つたやうな気になる。わたしは子供のときから軍人が嫌ひなたちですから、こんなふうに喜ぶのは珍しいことなんです。ところで、引用のなかに、オデッサで暴動を起させた人物としてデカンスキーなる者が出て来ましたが、『動乱はわが掌中にあり』において水木楊さんは、このデカンスキーとはアゼーフ、あのロシア革命史最高の裏切者のアゼーフであると断定してゐます。そして明石がデカンスキーといふ名を「泥干」と記してゐるのは嫌悪感をこめた表記だと見てゐる。さうかもしれませんね。すくなくともわたしには、この解釈、おもしろかつた。

ところで明石の清廉さは、第二に、彼が残金二十七万円を返すとき、使途明細書を添へたことで一段と高まる。

水木楊さんによると、当時の参謀次長であつた長岡外史は「明石は受け取り書まで付けて返した」と言つてゐる由。

そして稲葉千晴さんによると、明石の謀略関係書類は、終戦直後、焼却されてしまつたといふ。とすると、アゼーフの領収書なんかも、灰となつたわけか。残念だなあ。

このあひだわたしは、誰かの文章のなかで、機密費には領収書や使途明細書がないのは当り前で、明石元二郎がレーニンその他から領収書を受取るはずないぢやないか、と書いてゐるのを読んだ記憶があるが、レーニンはともかく、普通の場合は、領収書まで取つてゐたかもしれない。

一体に明石は、すくなくとも日露戦争当時は、金銭に関して細かいたちだつたらしいし、それに、参謀本部が明石の金づかひにうるさく、駐英公使館付武官宇都宮太郎（宇都宮徳馬の父）が金銭面を管理してゐた。それにもかかはらず、ごまかすことは不可能ではなかつたらうが、明石はそれを敢へてしなかつたのである。ただし、明石が汽車の便所で腹巻

から数百ルーブル落したといふ愉快な逸話が残つてゐるけれど、そのくらゐの端た金、どうでもいいぢやないか。宇都宮武官も咎めなかつたらう。わたしも責めない。

ところで、明石元二郎の生涯にはいくつかの謎が残つてゐるが、そのなかの一つは、彼が参謀本部に提出した報告書の題が『落花流水』だつたといふことである。これについてデー・ベー・パヴロフ／エス・アー・ペトロフ／イー・ヴェー・ヂェレヴァンコ著『日露戦争の秘密』は、巻末の注において、意味不明とし、ファットレル著『明石大佐とロシア革命家たちの接触』も同意見だとしてゐる。そして今日の研究者たちの説としては、一九三八年、明石の長男正義氏所有の報告書写しから外務省で複製する際、つけられたものではないか、といふ考へが紹介されてゐる。つまり、外務官僚が勝手につけたといふわけか。これはをかしいね。杓子定規な役人気質の連中にこんなしやれた題がつけられるものか。明石本人が（何しろ報告書のなかに自作の漢詩数篇を収める人物だから）この題をつけたに決つてゐる。それに海外の研究者には、東洋的な風懐はやはり理解しにくいのだらう。わたしにもむづかしいけれど。

そこで高島俊男さんに教へを乞ふと、「落花流水」には、

(1)残春の景勝

(2)ボコボコにやられる

(3)一方は気があるのに他方は無関心

の三つの意味があるといふ。そして、どうも(2)はなささうだ、(1)で最も有名なのは李《り》煜《いく》『浪淘沙』の「流水落花春去也」で、明石はこれを意識してゐたかもしれない。また、(3)によつて、国家は自分に冷たかつたの意を含ませてゐるかもしれない、と教へてくれた。

学問のないわたしには大変な難問ですが、そこを敢へてがんばつてウンウン考へたあげく、「春が去つた」が眼目ぢやないか、つまり日露戦争でヨーロッパを駆けまはり、情報活動に奮励努力したころが人生の春だつたなあ、といふ気持をこめたものとわたしは思つてゐた。今でも、この解釈が一番主要な線だと思ふ。

しかし、もう一つ、逸してならない筋もある。それは、報告書を書き終へた明石が、かつて異国の汽車の便所で紙幣をバラバラと落し、それを泣く泣く、水でジャーッと流して、「ああ落花流水だなあ」とつぶやいたときの情景を思ひ出して、往事《おうじ》渺茫《びょうぼう》夢に似たりと懐しみながら、この題を表紙に大きく書き示した、といふ解釈である。

一枝の花

大正天皇が今すごい人気。原武史さんの『大正天皇』(朝日新聞社)のせいだ。これは長いあひだひそひそと噂されるだけで、あるいはせいぜい興味本位に扱はれるだけで、本格的には取上げられなかつた帝についての論考である。まじめな態度の、しつかりと書かれた良書で、その価値は充分に認めなければならない。もつとも伝記の書き方としては多少の不満があるけれど。

わたしが芥川龍之介『侏儒の言葉』を読んだのは中学一年生のときで、これは昭和十三年(一九三八)のこと。この短文集のなかに「尊王」といふ一文があつて、十七世紀フランスの逸話を紹介し、

十七世紀の仏蘭西はかう云ふ逸話の残つてゐる程、尊王の精神に富んでゐたと云ふ。しかし二十世紀の日本も尊王の精神に富んでゐることは当時の仏蘭西に劣らなさうである。まことに、——欣幸の至りに堪へない。

と結ぶ。幼いわたしはここで、あ、大正天皇のことだ、と思つた。これは記憶がはつきりしてゐる。つまりそれ以前に、この帝についての評判を耳にしてゐたわけだ。まあ、誰だつて知つてたと思ふけれど。

そしてわたしは、ついこのあひだまでの日本はこんなにものを自由に言へる国だつたのかと驚いたのだつた。一九三八年だから、二年前には二・二六事件があり、一年前には日中戦争がはじまり、軍人が露骨に威張り出してゐたし、彼らおよび彼らと結びつく連中は、帝をあがめることを民衆に強要するといふ手段で、実は徹底的に帝を利用しようと企て、その都合上、皇室を途方もなく尊厳なものに仕立てようと必死になつてゐた。さういふ形勢は子供心にもよくわかる。そんな時代相のなかで『侏儒の言葉』を読むと、「軍人は小児に近いものである。（中略）殊に小児と似てゐるのは喇叭や軍歌に鼓舞されれば、何の為に戦ふかも問はず、欣然と敵に当ることである」とはじまる一文も衝撃的だつたし、帝についての当てこすりにはもつとびつくりした。ただしこの本のわが読後感の主成分は、十年ちよつとで一つの国がこんなに変るものかといふ感慨だつたやうで、芥川の書いた内容それ自体による感銘ではなかつたやうな気がする。雪国の城下町の中学生は、生意気にも、彼をいささか軽んじてゐた。

ここでちよつと余談。

念のため初出の「文藝春秋」第一年第六号（大正十二年六月号）に当つてみると、変なことがわかつた。当時は表紙が目次を兼ねてゐて、

侏儒の言葉　　芥川龍之介

苦められる事　　岡本綺堂

「パパ」「ママ」を難ず　　中村武羅夫

とはじまる。しかし一ページ目の『侏儒の言葉』には例の「小児」といふ題の文章と「武器」といふのとがあるきりで、そのページの四段目の末尾数行は、「文壇駄洒落集」といふ明らかに埋め草とわかる変なもので占められ、岡本綺堂の随筆は二ページ目から。そして二十八ページから三十ページ第一段の三分の一までは懐しや「校正の神様」神代種亮（『濹東綺譚』の「作後贅言」のなかで、煙草の箱の裏に玉の井の地図を書くあの神代帚葉）の漢字論。その第一段の三分の一は、組み方が前ページまでとは違つて行間を詰め、残る三分の二に問題の「尊王」が載つてゐるのだが、これも同じくうんと詰めて。しかも

筆者名は異様なことに最後の行にあつて、それも、「川龍之介」と誤植してゐる。故意か、偶然か。

とにかくあやしいね。何かある。おそらく、この「尊王」ははづすほうがいいといふ編集部の判断があつて、一旦はさうしたものの、芥川を怒らせたら大変なことになると誰か（菊池寛？）が言つて、それで急場の策としてここに入れたのぢやないか。そのときあんまりあわてたので、筆者名の誤植が生じたのだらう。つまりあのころの呑気な「文藝春秋」編集部だつて、かなりビビつたのだ。

さう言へば『侏儒の言葉』は昭和二年（一九二七）十二月、つまり彼の自殺の約半年後に文藝春秋社から出てゐて、昭和七年（一九三二）には岩波文庫に収められた。わたしが読んだのはその何刷かだらう。この本の「尊王」には題に斜線が引かれていて、その下に「ケシ」とあつたやうな記憶がうつすらとあるが、何しろ数十年といふ長い歳月の彼方の話だから、言ひ張るつもりはない。そしてこの岩波文庫本は昭和十四年（一九三九）に十ページを削つた版が出てゐるといふ。これはむしろ、ここまで頑張つた岩波書店の苦労をねぎらふべきだらう。そこで思ふのだが、どなたか篤学の士が『侏儒の言葉』の書誌を作つてくれないかしら。昭和史の特異な一資料となるにちがひない。案外、とうに出来てゐるのかもしれないけれど。

ここで余談は終り。

さて、こんなふうに、中学一年のころすでに大正天皇についての風聞を耳にしてゐたわけだが、戦後、二、三の小説雑誌であの帝を扱ふ作を掲げ、多少は評判になつたけれど、わたしは読んでみようといふ気にならなかつた。関心がなかつたのである。それが一変したのは、二十代の半ばから十年ばかり勤めてゐた国学院大学の教員室で、先生方の閑談を耳にしたことによる。

何かの話題がきつかけで、国文学の臼田甚五郎教授が、大正天皇の和歌はすばらしい、自分は大正生れなので、これは嬉しいことだ、といふ話をした。すると、哲学の速水敬二教授が、

「和歌もうまいが、漢詩はその上をゆくんだつてね」

と応じた。わたしはこんなこと初耳だつたし、それに世上の噂との関係が呑込めなくただ茫然としてゐた。

英語の菊池武一教授が、

「和歌も漢詩も読んだことはないけれど、いいさうだね。書は何度か見たことがあつて、帝王の書といふのはかういふものだと思つた」

と語つた。速水教授が、

「うん、いい書だね。すごいものだ」

と賛同して、

「四つか五つのとき、近衛篤麿が抱きかかへるやうにして、筆を持たせて、手を取つて教へた、といふ話を聞いた」

と言ひ添へた。それからいろいろ賛辞がつづいた。かういふ評価を聞いてゐて、わたしはついかう訊ねることになる。

「あのう……でも、脳をわづらつてゐたといふ評判ぢやないですか?」

それに対して菊池教授は、

「それはね、それほどの俊秀がああいふおもしろみのない立場に置かれたら、をかしくなるのが当然だ、と考へればいいんだよ」

一座はどつと笑つた。

菊池さんの言葉は正確には記憶してなくて、ひよつとすると、「ああいふ味気ない地位」だつたかもしれない。「ああいふ詰まらない職業」だつたかもしれない。「をかしくなる」ではなく「気の毒なことになる」だつたかもしれない。

この新情報を耳にしたわたしは、やがて国学院の図書館で『大正天皇御集』（御製歌集と御製詩集とを併せ収める薄い本）を借り出し、歌集のほうを読んで、

「なるほど」

とつぶやいた。たしかにいいのです。何か溜息が出る感じでした。

たとへば、これは明治時代の作とわかるだけで、明治何年か不明ですが（このへんは題や詞書ははぶいて引用します）、

塩原のはたおり戸なる家にゐて滝をも庭のものと見るかな
河氷むすびにけらし池水にうかぶ木の葉の今朝はうごかず

そして明治三十一年の、

夕やみの空にみだれて飛ぶ蛍遠き花火をみるここちする

大正時代とあるだけの、

このあさけ氷とぢたりあし鴨のなく声さえしさくら田の堀

大正五年の、

軒近き山梨の花咲きしより夕ぐれおそき窓のうちかな

翌六年の、

ひとすぢの川のながれを絶間にて鈴菜さきたり広き野原に
うち霞む畑のすずなの花の上をおなじ色なるこてふとぶみゆ

念のため言ひ添へて置きますが、「こてふ」は「胡蝶」、つまり蝶のこと。そして絶唱とも言ふべきものは、これは詞書や題をつけて紹介しますが、まづ大正時代の作とわかるだけの、

三月八日庭にて鶯の鳴きけるにこもりゐたる万里小路《までのこうぢ》幸子がまゐりければ

鶯やそそのかしけむ春寒みこもりし人のけさはきにけり

これは、千年以上前の、

更衣さとより参りけるあした

光孝天皇

梅の花ちりぬるまでに見えざりしひとくとけさはうぐひすぞ鳴く

を連想させる。ここでまた注をつければ、「ひとく」は鶯の鳴き声の擬声語ですね。それを「人来《ひとく》」にかけて使ふ。平安時代の人には鶯がヒトクと鳴くやうに聞えた。さう言へば

ホウホケキヨのホケキヨはヒトクに近いね。もつともホウホケキヨは現代語で、江戸語のホウホケキヨウのほうが元らしいから、あれは古来ヒトクと聞えてゐたのが法華経のせいでヒトク↓ホケキョウ↓ホケキョと変つて行つたのでせう。

もちろん大正天皇は光孝天皇の作を知つてゐたにちがひない。それより前の、『古今』読人しらず「むめの花みにこそきつれ鶯のひとくひとくと厭ひしもをる」（せつかく梅見にやつて来たのに鶯が「人く人く」と厭がつてゐる）も知つてゐた。大変な勉強家なんです。そしてこの現代の帝の作のほうがどちらよりも上だといふ気がする。王朝和歌の骨法をしつかりと身につけて、しかも新風をもたらしてゐる。その清新な趣がごく自然に伝統を受けついでゐる。かういふおつとりした、そのくせ現代的な詠み口の歌人は近代日本にほかに誰がゐるだらうか。わたしは吉井勇が好きですが、彼をしのぐ大歌人だと思ふのですね。

これはいはゆる上手下手の問題ではなく、品格や風格にかかはることなんです。もちろん吉井勇が品がないわけぢやない。立派なものです。じつに堂々としてゐる。でも、大正天皇御製にある帝王ぶりはない。折口信夫の用語に「帝王調」「至尊調」といふのがあつて、二つとも同じことなのですが、折口はこれをもつて、帝にしか詠めない詠み口の大らかな趣だけを言つてゐるのではない。話はかなり微妙で、それに加ふるにある種の退屈さ、陳腐さをもほのめかしてゐる。その上で、後鳥羽院は帝王調に民間の小唄ぶりをしたたらせて秀歌を詠んだといふことを強調するのが折口の論旨でした。彼のいはゆる至尊調の、退屈な感じ、間のびした感じのものは大正天皇の和歌にもありますが、さういふ作は除いて紹介してゐます。わたしが選んだあの帝の和歌は、後鳥羽院の秀作と同様、国王でなければ持てないゆつたりとした風格とそれから一流歌人にしかない文学的感覚とを兼ね備へたものである。その手のものをこの倍ほど選んで、それからさらによりすぐりました。

わたしは以前、国王である後鳥羽院の和歌は、職業歌人である公卿、藤原定家の作とくらべて匠気がない、段違ひに品格が高い、器量が大きいといふ説を述べたことがあります。

これは大正天皇と職業歌人、吉井勇との比較論においても言ひ得るにちがひない。わたしの説にとつて好都合なことに、吉井勇は伯爵の息子でした。差別的な言ひ方に聞えるかもしれないけれど、貴族程度では身につけることが無理な何かにさらに文学的天才をプラスしたものが、大正天皇の和歌の最上の作にはあるのです。

たとへば大正四年の、

戦中新年
軍人《いくさびと》くにのためにとうつ銃の煙のうちに年たちにけり

など、優雅で強くて、じつにいい。柄が大きくて、しかも粋である。大正四年（一九一五）ですから、第一次世界大戦ですが、こんな歌は臣下には詠めない。そして天皇なら詠めるといふものでもない。おそらく大正天皇は後水尾天皇以来最高の、いや、ひよつとするとあの江戸初期の帝にまさるかもしれない帝王歌人であつた。

もう今となつては二十年以上昔のこととなつたが、一度わたしは司馬遼太郎さんと対談をして、その席で大正天皇御製を二、三首紹介した。そのとき司馬さんが、

「なかなかいいですね」

とか、

「ほう、うまいですな」

とか、嘆声を発したことが忘れられません。現代の歌人たちやいはゆる近代文学研究者がこの帝の和歌をどう評価してゐるかは知らないけれども、そんなことは、まあどうでもいいさ。

ここで又しても脇道にはいります。別に司馬さんの真似をするわけではないが（その気味も多少はあるか）、書きつけて置きたい余談が一つあるのだ。

これは新潮社の編集者柴田光滋さんから聞いた話ですが、ある日のこと彼が中野重治さんを訪ねると、老作家はちようど大版の本に見入つてゐる所で、

「見てごらん。大正天皇の書だよ。いいだらう」

と感に堪へた声で言つたといふ。

「思ひがけない取合せだつたので、びつくりしたことを覚えてゐます」

と語つてから、柴田さんはつづけた。

「一体に中野さんは、隠れ昭和天皇ファンといふ傾向のある方で、これは編集者仲間では有名でしたが、大正天皇はもつとお好きでしたね」

ついでに記せば、わたしは一度、古書店の目録で大正天皇の書を見て、これこそ神童の

書にしてかつ王者の書と見惚れたことがあります。参つた、といふ感じ。思無邪（思ひ邪《よこしま》なし）をそのまま形にして出したやうな字でした。この目録を手にしたのが週末で、そのときすぐ電話をかければよかつたのでせうが、翌週はじめ、ぶらりと神保町に行つたついでに、その店に顔を出し、

「あの大正天皇の……」

と言ひ出しかけたら、店主は微妙な表情で、

「お声がかかりましてね……」

と答へた。どの筋の声か。あの筋か。この筋か。

さて、ここで話は元に戻ります。

しかし歌人としての大正天皇について語るとき、ぜひ言ひ添へて置かなければなら

ないことが一つあるのですね。それは恋歌《こひか》が一首もないといふこと。

せいぜい「鶯やそそのかしけむ」が光孝天皇の詠のせいか、恋歌めいて聞えないでもない、くらゐの所だらう。ただし万里小路幸子は嘉永六年(一八五三)、年十九にして禁裏に仕へ、以来六十二年間、三朝に歴事したといふ人だから、まさかこの帝と何かあつたはずはない。

あとは、沼津の邸で松露を拾ひ、これを節子妃に贈るときの「今ここに君もありなばともどもに拾はむものを松の下つゆ」の淡い愛情表現に注目するしかない。無理をしてもう一首、これは塩原での作だが、「とも人は声を立てけり草原のうちより出づるくちなはを見て」が何となく色つぽく感じられるけれど(供は女人と取るほうが絵になる)、これはアダムとイヴと蛇の話を思ひ出すせいかもしれません。

つまりこんな具合に、本式の、恋歌らしい恋歌はない。孝明天皇までの代々の帝はしきりに恋歌を詠んだし、そして応仁の乱の直前まで宮廷は恋歌を大量に含む勅撰集を二十一も編集させたのに、明治十年以降、薩長の重臣、とりわけその武断派が、帝王は荘厳でなければならぬ、柔弱であつてはならないとして恋歌を作ることを禁じたためである。絶対主義的近代国家としての日本を大あわてで製作しようとする立場の者にとつては、宮廷文化の優雅は邪魔だつたし、日本文学の中心部に天子の恋歌が位置を占めるといふ事情など、踏みにじつて差支へない些事であつた。かうしてわが文藝の伝統は、なんと、政府によつて破壊された。これは、鎌倉、室町、江戸の幕府さへしなかつた暴挙でありました。

これについて滑稽な（そして心の暗くなる）挿話を一つ。武断派は天子を武張つたものに仕立てたい一心で、単に恋歌を詠むことを禁止しただけではなく、『小倉百人一首』のかるた取りさへ許さなかつた。「誰ゆゑに乱れそめにし」とか「恋すてふわが名はまだき」とか耳にしてると勇ましくなくなると心配したのか。まあ野蛮なことを考へたものですね。そして宮中はこの意向に大人しく従つた。とすると、民間では黒岩涙香の「万朝報」が歌がるたをはやらせ、尾崎紅葉の『金色夜叉』がかるた会の場面ではじまつた時代に、民間の盛況と反対に、すめらみことはこの遊びを奪はれてゐたことになる。

でも、かるた遊びがしたかつたのでせう。誰が考へたのかは知らないが、宮中ではお能かるたといふものをした。これについての詳細は不明ですが、能の章句を出典にして百枚の読み札と取り札をこしらへたのださうです。もちろん恋がらみの詞はすべて除かれてゐたでせうね。昭和天皇はこれが好きだつたと聞いたことがあります。

呆れるしかない弾圧ですね。戦争中『愛国百人一首』だつたかしら、詰まらぬものを作つて喜んでゐた連中がゐたけれど、あれに似たものをずつと以前から天子に対して押しつけてゐたわけです。

前に述べた恋歌を詠むなどといふ拘束といひ、この『小倉百人一首』で遊ぶのは駄目といふ取り決めと言ひ、徳川家康の禁中並公家諸法度《はっと》を上まはる干渉ぶりですね。事が政治ではなくて文藝に及んでゐる所がすごい。右は江藤淳から左は家永三郎まで、言論表現の自由に激しく関心を寄せる論客はあまたあるけれど、君主に対して臣下がこんな形で暴圧を加へたことを指摘し非難した人のあることをわたしは知らない。平泉澄のやうな、忠といふ字を見ただけでやたらに興奮するたちの学者でさへ、明治の高官たちにはじまるこの不忠に対し、見て見ないふりをしつづけました。

とにかくかういふわけで、明治十年までに明治帝が詠んだ題詠の恋歌は発表されず、それ以外の恋歌（あつたにちがひない）はもちろん秘められ、敗戦後になつてから新しく御集を編纂する際も、五島美代子その他の編纂委員は恋歌すべての収録を望んだのに、主任の佐佐木信綱はこれに強く反対したため、申しわけ程度に、わづか七首を収めることになつた。これは五島茂さんから聞きました。このとき佐佐木いはく。自分が東京帝大を卒業するとき、卒業式に行幸なさつた天皇はまことに神々しかつた。あの立派なイメージを傷つけないためにも恋歌は発表すべきでない、と。つまり、明治藩閥政府のイデオロギーに心底《しんそこ》からやられてしまつてゐるのですね。山縣有朋その他の軍人たちには、わが文学の根本の姿（帝が率先して恋歌を詠んで、それによつて国を束ね年を祝ふといふ事情）が、まるつきりわかつてゐませんでした。まあ、無理もないけどね。しかし彼らの泥くさい思想によつて、王朝和歌専門の学者まで洗脳されてしまつたのは本当に情ない話。

そんなふうに、明治天皇の恋歌が第二次大戦後も七首しか公にされないほどですから、大正天皇が色つぽい歌を許されなかつたのは当然のこと。ひよつとすると、内緒で詠んだかもしれないけれど、侍従たちは山縣有朋あたりを怖がつて書き留めず、闇から闇へ葬られたのぢやないか。

とにかくわたしとしては、これほどの和歌の名手が、恋歌を一首も残さなかつたことが残念で仕方がない。もしこの帝に文学的自由を与へれば、きつと恋の秀歌を詠んだにちがひないと思ひますよ。それは恋のあはれをめでたく歌ひあげて、吉井勇や北原白秋や斎藤茂吉などの作の遥か上を悠々と飛びかける趣のものだつたでせう。

そして話がここまで来れば、大正天皇が和歌よりも漢詩にすぐれてゐたと言はれ、みづからもさう思つてゐたらしいことの理由も明らかになる。といふのは、和歌は本来、もののあはれ、いろごのみ、すなはち男女の仲のことを歌ふのが基本であつて、四季歌も、雑歌も、賀歌も、哀傷歌も、そのいはば延長や変奏といふ形でゆく方式なのに対し、漢詩はむしろ恋を排する。男女の仲を取上げないのが普通で、そんなことを大事にするのは格が低いと見る。人間関係としては恋ではなく友情を扱ふのが主になる。儒教倫理のせいですね。

そしてこれこそは本居宣長の悩んだ所でありまして、彼は先進国である中国の文学が恋愛と色情に対して冷淡であり無関心であることを気にして、それでは日本文学は邪道なのか、『源氏』や『新古今』が代表作であるわが文学は変なのかと考へつづけたあげく、つひに、中国人は嘘をついてゐるのだ、あれは偽善の文学なのだと判断した。これがつまり、からごころ。

しかしわたしは、大正天皇は偽善の文学のほうが向いてゐたと言ひたいのではありません。さうではなく、あれだけ文学的感覚の鋭敏な方ですから、年少にして和歌の本質をあつさりととらへ、見抜いてしまひ、その要にある恋を歌へないのなら和歌を作つてもおもしろくないなと心のどこかで感じて、それで漢詩のほうに力を入れたのではないか。こつちなら、もともと哀憐の思ひ抜きでゆくのが普通なのですから、彼に与へられた環境と条件にとつて好都合だつたのである。かう考へると、本当にかはいさうな文人でありました。

そこで漢詩ですが、さすがに評判通りなかなかいい。木下彪謹解とある『大正天皇御製詩集』を参考にして、しかしかならずしもそれに従はずに、二首ほど引きませう。どちらも書き下しに改めて。

まづ「観蛍」といふ詩。明治四十一年（一九〇八）の作。

薄暮水辺涼気催ス。叢ヲ出デ柳ヲ穿ツテ池台ニ近ヅク。軽羅小扇、且《シバラク》撲ツヲ止メヨ。愛シ見ン熒々《ケイケイ》去リ又来《キタ》ルヲ。

大意は「夕暮の水辺は涼しくて快い。くさむらから出たり、柳の枝葉にはいつたりしたあげく、蛍が池のほとりの高殿に寄つて来る。うすものの女よ、手にしてゐる扇で打つてはならない。光りながら去来するのを愛《め》でることにしよう」くらゐか。「温雅の意、円美の調、御集中の佳作である」と木下は言ふ。

もう一首。「蟹」。

これは詠物詩でして、この手の詩はユーモアがうまく行つたとき人を感嘆させることが多い。それがきれいに成功してゐます。小手がきいてゐる。

江郷烟《ケブリ》冷ヤカナリ晩秋ノ時。郭索《カクサク》経過ス、水一涯。道《イ》フヲ休《ヤ》メヨ、無腸只多足ト。
横戈被甲、雄姿ヲ見ル。

まづ注みたいにして説明しますと、「郭索」は蟹がガサガサと進む音の形容。蟹には「無腸公子」といふ綽名がある。

大意は「晩秋のころ川ぞひの土地は霧が冷やか。がさがさ音を立てて水辺を蟹がゆく。腸がなくて足が多いだけのやつなんて、おつしやいますな。戈《ほこ》を横たへ甲《かぶと》を着た様子は、まるで武士ぢやありませんか」くらゐでせう。

隅に置けない、といふ感じの冗談。

もつといろいろ紹介したいけれど、漢詩はくたびれるでせう。このへんでよします。こつちも骨が折れる。

不思議でならないのは、これだけの和歌と漢詩があるのに原武史さんの『大正天皇』が活用してゐないことです。三島中洲に就いて漢学を学んだこと、三島が儒教の政治思想の革命肯定を嫌つてむしろ漢詩に重きを置いたこと、帝自身も漢詩を最も得意としたことは書いてある。富山の呉羽山に登つた際、七言排律を作つたこと、それが「漢詩としての出来はともかく（中略）雄大な眺めに接したときの感銘が、素直に表現されてい」て、山頂に詩碑があることも記されてゐる。しかし詩文の才の卓越はたたへられてゐない。もちろん文藝作品の評価は人さまざまで、趣味の違ひといふこともある。一概に言へませんが、しかし多量に残された詩歌は伝記の主人公の内面を探るに当つて資料として役立つはずなのに、この著者は関心をいだかなかつた。この篤学の士が個人研究の好材料を放置してゐることをわたしは惜しむのですね。

たとへば蛍の詩など、小動物に寄せる優しさがみなぎつてゐていい気持になるし、蟹の詩にしたつて愛情がなければ作れない。ここには、勿体ぶらなくて、気さくで、おしやべりな貴公子がゐて、言葉の藝を楽しんでゐる。じつに風雅であります。

こんなふうに見て来ると、この帝の肖像はずいぶん違ふ趣を呈するのですね。世上伝へられるものとは大きく異る。むしろ一個の知識人と言ふほうが正しい。原さんの本で知つたのですが、巡幸さきの県知事などへの質問にしても当を得てゐるし、鋭い。東北に旅した際、この地方の発音は訛りがはなはだしい、たとへばイネがウネと聞える、これは直さなければ不便だらうと述べたといふが、これなどは近代国民国家の君主としてじつにいい所に目をつけてゐると思ひます。もともと言葉に関心のあるたちだつたのでせうが、早くから日本語問題を憂へてゐたわけだ。原敬や大隈重信と語ることを好み、山縣有朋を嫌つたといふのも趣味がいい。これをもつて、政治的識見の高さ、人物批評能力の優秀さを見ることができるでせうし、大正デモクラシーの精神を身につけてゐたと評価してもかまはない。

脳を病んだことについては、宮内省の発表では幼時の脳膜炎に由来するとされてゐるし、もともと病弱だつたと言はれるけれど、わたしとしては、むしろ教育方針がこの個性に合はなかつたと考へたい。それが決定的にまづかつた。文科系統の勉強はよかつたのに理数科は嫌ひだつたといふが、教へ方が下手だつたんぢやないか。たとへば小動物に対する関心を利用して巧みに導けば、昭和天皇と並ぶ生物学者になつたかもしれない。

軍事学が苦手だつたといふ件にしても、日本の国王はさういふ方面は手がけないのが本来のあり方なのである。明治天皇が軍服を着て馬に乗るのを見て柳原二位局《にいのつぼね》が嘆いたといふ有名な話がある。大正天皇は生れながらにしてわが朝廷の気風を身につけてゐたのでせう。

明治天皇は外来の軍国主義的絶対主義に対する適合力を持ち合せ、王権神授説にふさはしい威厳を示すことに巧みであつたけれど、大正天皇にはわが朝廷古来の悠々たる美風が豊かに備はつてゐた。それがこの帝の気象であり風格であつた。それを武張つた連中がそばで、やいのやいのと騒いで変なことにしてしまつたのです。

たとへば明治天皇が亡くなられた直後の朝見の儀（臣下が天皇に拝謁する）のとき、「御体度」が異様で、侍従が「涙滂沱《ぼうだ》」たるものがあつたと『財部彪日記』にあるさうだ（増田知子）。しかしこれだつて、神の如き帝王を演じる才に富み、また演じさせられて倦《う》むことなく、厳粛な君主でありつづけた先帝とは別の人格であつたといふだけのことぢやないか。肌合ひも気立てもまるで違ふのに、先帝をなぞるやうにして重々しく振舞へと周囲から言はれ、またそれを無言のうちに国民から要望されて、げんなりしたり厭気がさしたりしてゐる若い国王に対して、わたしは心から同情するのです。

さて、ここで話はおのづから例の遠眼鏡伝説に移らざるを得ない。わたしがこの話に触れたくなくても、もし書かなければ、読者が承知しないでせう。そして幸ひなことに、わたしにはこれについて、三省堂ふうに言へば新解か明解かそれとも新明解、鹿島茂ふうに言へば別解の用意がある。ぜひとも書きつけて置きたいのですね。

それは帝国議会の開院式に臨んだ大正天皇が、巻いてある詔勅を遠眼鏡のやうにして覗いて議員たちを見た、といふ逸話です。戦前の日本人はみんなこの話を知つてゐた。これについて原さんは、本当にあつたかどうかさへ疑はしいと述べる。彼の本が出た直後、朝日新聞に出た当時の女官、椿の局《つぼね》の證言（一九七五年に語つたものでテープに録音）によると、上下を確めるため中を調べたのが誤解されたのださうである。さうかもしれない。大いにあり得ることだ。

しかしわたしとしては、普通の君主ならばともかく、大正天皇のやうな偉大な帝王詩人が詔勅を遠眼鏡のやうに扱つたつて一向かまはないと思ふのですね。彼にならその資格があつた。

詩は日常の言語である散文と次元を異にする、破格な言語の使用である。そのせいかどうか、詩人は生活においてしばしば奇行を演ずる。それは遊び心のあらはれであり軽やかな祝祭である。とすれば、詩人天皇が手製の望遠鏡を即興的に作り、下界の眺めを望み見たとてあやしむことはまつたくない。あなたは知らないか。李白が水面の月をとらへようとして溺れたことを。ネルヴァルが紐にゆはへたザリガニを引いてパリの目貫《めぬき》の通りを散歩したことを。

役者と女

立花隆さんの『ぼくが読んだ面白い本・ダメな本そして……』（このあとにまだ長く長くつづく題・文藝春秋）を読んでゐたら（これはじつに有益な読書案内）、樋口一葉のことが書いてあつた。小学館の四巻本の「全集　樋口一葉」の第四巻は別巻『一葉伝説』で、これに半井桃水《なからゐ》（一葉が恋ひこがれてゐた）が姪から訊ねられて彼女のことをどう語つたか、書いてあるといふ。

それが冷淡きはまる感想なんです。「ぼくはああいうのはどうもね」なんて言つてゐる。

そして立花さんいはく、「なんとなく一葉が可哀想になる」と。

同感。

これを読んで、ふと、明治の毒婦（古語である！）二人のことがあれに出てゐたなと思

ひ出し、本棚を探す。

埃を払つて取出したのは邦枝完二著『名人松助藝談』、昭和十八年（一九四三）興亜書院刊。

この松助といふのは四世尾上松助（一八四三―一九二八）。渋い味の脇役として見巧者に人気があつた。当り役を一つあげれば『与話情浮名横櫛《よはなさけうきなのよこぐし》』の蝙蝠安。

何しろ天保の生れだから、幕末、明治の有名人がみな同時代人なんですね。役者狂ひのあげく旦那を岩見銀山（砒素です）で殺した夜嵐お絹について、

「猿若町一丁目の、芝居新町に住んでゐましたから、私ァよく通り掛かりに見たもんです。二十二三の、高橋お伝なぞとは違つて、ぞッとする程色つぽい女でしたよ」

なんて思ひ出話をする。

師匠の五代目菊五郎が、

「まつたく首にするなァ惜しいやうな、いゝ女だつたなア」

と言つたさうです。菊五郎はお絹が千住で打首になつたとき見に行つたといふからずいぶん熱心である。松助は気味が悪いのでゆかなかつたといふ。

松助は、高橋お伝も一度、煙草屋から出て来るところを見たことがあるさうで、

「どうしてなか〳〵、毒婦なんて恰好の女ぢやありません。しとやかな御新造風の人でし

たよ」

　と語つてゐる。でも、夜嵐お絹のときとはまるで違ふ口調。どうやら松助の好みには合はなかつたらしい。

　おもしろいのは、松助が、お伝の情夫、小川市太郎と会つたときのことで、

「大変新しい人でしたよ」

　と評してゐること。何が新しいかといふと、言葉づかひ。かつての恋女を語るのに、「彼が」「彼が」と言つてゐたといふのだ。

　これはむづかしい問題ですね。ためしに『日本国語大辞典』第二版を引いてみると、「話し手、相手以外の人をさし示す。明治期まで、男にも女にも用いた」とあつて、夏目漱石、木下尚江、さらには『雨月物語』の例さへ引いてゐるからだ。もつとも

かういふのはみな知識人であつて、普通の人が女のことを「彼」なんて呼ぶのは「新しい」感じだつたのだらうな。

「その時分こんな言葉を使ふ人は、滅多にありやァしませんでした。新富町辺の遊び人だと聞きましたが、屹度《きっと》、出は士族かなんかに違ひありますまい」

と松助は言ふ。その通り士族だつた。そして案外、小川市太郎のかういふ言葉づかひに高橋お伝は惚れたのかもしれない。

しかし小川市太郎についての言語論的考察なんて、まつたくされてませんね。とにかく高橋お伝と来れば東大解剖学教室に保存されてゐる（？）彼女の何への関心だけである。たとへば「話」（といふ雑誌が文藝春秋社から出てゐた）昭和十二年（一九三七）一月号に、お伝の遺体解剖に立会つた軍医補、高田忠良の回想が載つてゐるが（これは朝倉喬司さんの『毒婦伝』からの孫引き）、

お伝の体格は実に立派なもので、まるで男子同様に頑丈で、肉附豊艶、たしか胸部から上膊部に刺青をしていたことを覚えてゐる。又情的生活の盛な女だったたから、それこそポリープでも出来てゐはしまいかなどと、想像したものであった。が、そんなものはなかった。ただ××は肥厚してかなり抵抗が強かったさうで、私なども実際手

を触れてみたが、何しろ経験がないので、果してどれ程異常なのか、説明を待たねば判断する力はなかったのである。腹部を切開いた際、何しろ大胆な女だったから、さぞかし胆嚢《たんのう》が大きからうと云ふので、検《しら》べて見たが、別段大きくもなかったことを覚えている。

といふ調子のものだつた。大胆さと胆嚢との関係を云々するあたり、あまり科学的な人ぢやないが、まあ仕方がないか。とにかくこんな具合に体への関心ばかり。まして市太郎の、それも言葉づかひなんか、まつたく問題外なのだ。

そのなかで例外なのは、朝倉さんが『毒婦伝』で、かう書いてゐることである。

小川市太郎は尾張の生れで、もとは尾張藩士の子弟だつたらしいが、上京してお伝と知合ひ、いつしよに暮してゐた。彼は宍倉といふ男にお茶の見本を見せて、金策を頼んだ。自分はこのお茶を九百貫、さる人物から七百五十円で買ふ約束をして二百五十円を渡したのだが、残りの金の工面がつかない。期限が過ぎると手付金が無駄になるから、荷物の買手でも、金を貸してくれる人でも探してくれないか、と頼んだ。

「実はこの話は女房がまとめてきたものなんだ。もし一肌脱いでくれる気があるんなら、明日、連れてくるから、話をきいてやってくれよ」

と書いてから朝倉さんは言ひ添へる。

　この言葉使いは、あえて現代風に書いている。「……くれ給え」と、彼が書生風のものいいをしていたのか、「……やってちょう」と尾張なまり丸出しだったのか、「……くれまいか」と武士風だったのか、そこのところは分らない。


　この件り、わたしには興味津々でした。普通こんなところで、言葉づかひにこだはる文筆業者はゐない。それなのにかういふ具合にあれこれと言ふのは言葉が好きな證拠だし、それにもう一つ、小川市太郎といふ伝説中の人物が鮮明でないことを気にしてゐるのだらう。どうやら朝倉さんには人物像を言葉づかひから攻めてゆきたいといふ気持があるらしく、これは敬意を表するに足る。さらに言へば、この志向は、市太郎がお伝を「彼」と呼ぶのにこだはつた松助にもあつたわけで、さういふ感覚があるからこそ松助は蝙蝠安その他、世話物で活躍できたのであらう。

　いや、世話物だけとは限らないな。邦枝完二に言はせると、『千代萩』で松助の外記は団藏の仁木と並び称されるほどであつたといふが、

「その役に扮するまでには並大抵の苦心ではなく、まづ外記その人の性格、役柄等万端を

調べた上、外記が留守居の大役として地方居住をした点から、偏《ひとへ》に真摯素朴の人を写すことに腐心し、国表から江戸へ出向した人の気持を失はぬためには、開演中は特に三度の食事にも粗食を用ゐてゐた」

のださうである。何もここまで徹底しなくていいやうな気がするが、しかしまあ、頑張つたつていいわけで、ここまでやる以上、松助が外記の台詞《せりふ》の、言葉のはしはしまで入念に解釈したことはもちろんだらう。

歌舞伎の下廻りといふのは（今は美化して脇役なんて言ふけれど）、師匠に師事して役を勤めたり黒子になつたりし、身辺の世話をし、そして時には旦那に藝を教へるといふ三つのことをする。松助は、「松助あつての五代目」と言はれるくらゐよく輔佐したのださうだが、彼がコーチをする際、この言語感覚の鋭さはどんな具合に発揮されたのだらうか。松助は五代目の一つ年長だが、藝は伯仲してゐたと邦枝完二は言ふ。かういふのが横にゐれば主役も引立つわけだ。

ところで松助の回顧談のなかに、

「幾歳《いくつ》の時でしたかね、私が横浜の芝居をしまつて、帰りに川崎の宿屋の二階で休んでますと、おもてを新門の頭《かしら》が通るといふんで大騒ぎでした。たぶん慶喜様が、京都へおいでなすつた時でしたらう」

とはじまる話がある。

徳川慶喜が将軍職をついだのは慶応二年（一八六六）十二月、そして八月半ばに参内したのだからこれは松助が二十四の年のこと。この年二月、彼は市村座で『櫓太鼓音吉原《やぐらだいこおともよしわら》』の新造雨雲と地廻り鳶の藤吉、四月、市村座で『伊達競阿国戯場《だてくらべおくにかぶき》』『蝶々双梅菊《ちようちようふたごのきようだい》』の男達青達青鬼金平、非人剣菱の瀧、七月中村座で『仮名手本忠臣蔵』の六角左京、了竹の下男杢助、と年譜にあるけれど、『忠臣蔵』にこんな役があるのかしら。前年に結婚したばかりで、名前は橘五郎。これは師匠が市村家橘（五代目菊五郎）だから。この年、正月、師匠より石持《こくもち》の裃《かみしも》を貰ひて、仕初の式を済《な》す、なんて年譜にある。

新門辰五郎の話のつづきを引用すると、

私も直ぐに、二階から降りてつて見ましたが、新門の頭は、襟に新門、背中に丸に作の字を染めた絆纒を着て、大小を差してゐました。その後ろに、ざつと二百人からの仕事師が、旅装束で附いてゐましたが、これをみんな連れて、京都へ上つたんだから、豪儀な威勢でしたよ。ところがをかしい事にや、その仕事師といふのが、実は半分から偽物なんで。……ひよいと見ると、松井源水の独楽《こま》廻しの中僧だの、凧絵を書く芳信なんて男だのが、みんないなせな装《なり》をして、その連中に這入つてるぢやありませんか。男振りのいい、江戸つ子らしいのばかり集めたんださうで。

「仕事師」といふのは土木や建築工事などにたづさはる労働者。そして新門辰五郎は火消人足から町火消の頭になつた。江戸の新門辰五郎、東海の清水次郎長、関西の会津小鉄を三俠客と呼ぶさうです。

なほ、松助は辰五郎の引連れた連中が水増しだと言つて呆れてますが、これは江戸時代はみんな（と言つていいくらゐ）さうだつたんです。京都から江戸へ勅使が下向する。その行列には、京都の八百屋だの、大工だの、遊び人だの、いろんな稼業の者が伝手を求めてお公家さんの家来になりすまし（もちろんお公家さんには金を払つて）、従つてゐた。

そして彼らが運ばせる荷物はみな京の古着。これを幕府の費用で運ばせる。それを江戸で売つてぼろ儲けするのです。日光例幣使なんかの行列も同じだつたでせう。

いや、参勤交替の大名行列だつて、まぜものなしだつたかどうか、あやしい気がする。加賀前田家の行列は四千人なんて言ふけれど、もしこれが実数なら、多少は変な連中がはいつてゐたのぢやないか。

そしてこんな具合に、インチキをしても景気をつけ、恰好をつけるといふのは、江戸時代の政治の方法論だつた。あれはれつきとした劇場国家だつたのである。その劇場国家の実演を、本物の芝居者が見てびつくりしてゐるのは愉快ですね。

ところでこの辰五郎親分の娘、たしかお芳は慶喜将軍のお妾ださうで、父親が将軍上洛の際に子分を引連れて従つたのはその縁か。

司馬遼太郎さんの小説に、慶喜が何か言ふと、お芳が、

「アイヨ」

と答へる場面があつて、わたしはその呼吸、好きだつたな。

後年、わたしが『将軍が撮った明治　徳川慶喜公撮影写真集』といふ本を買つたのは、ひよつとするとこのお芳の写真は載つてないかといふ気持もかなりあつてのことでしたが、ありませんでした。

慶喜は将軍在職中から写真に興味を持つてゐて、当時自分で撮影したかどうかは知らないが、側室を選ぶのに写真を見て決めたさうです。側室・中根幸とか、側室・新村信とかいふ女人の肖像ははじめのほうにあるけれど、お芳のはない。もつとも、女中某といふのは何葉かある。そのなかのどれかがお芳なのかもしれません。それからおしまひのほうにゆくと、新村出の少年時代の写真もある。慶喜によく似てゐます。

惜しいことに松助はこのお芳のことに触れてゐません。

「新門の住居といふのは、左様、今の花屋敷のあたりでしたかね」

なんて言ふばかりで、お芳については語つてゐない。残念です。一度も見かけなかつたのか。

もちろん一葉のことも何も言つてません。どこかですれ違つたことくらゐあるかもしれないが、まつたく興味の持てないタイプの女だつたのでせうね。

ヌードそしてネイキッド

　画家とモデル女といふ話題は人を興奮させる。ごくまれに何の反応も示さない人もゐるが、それは例外といふことにしよう。もちろん着衣のモデルではなく、裸体のモデル。

　これにはゴシップがふんだんにあつて、たとへば戦前の日本の某洋画家（巨匠）は、朝、仕事をはじめる前にまづモデルと寝て、それから油絵に取りかかり、夕方、デッサンを描いて、そのなかの一枚をモデルに与へるといふ評判だつた。彼女はそれを画商に売るのである。いや、待てよ、デッサンを描くのは油絵の前だつたかもしれない。

　また、戦後日本の某洋画家（巨匠にして老大家）は、朝、仕事をはじめる前に、モデル女の体に触る。寝るわけではない。しかし触れるだけで藝術的意欲がみなぎる。逆に言へばその儀式（？）をしないと描けない、気力が湧かない、といふ噂だつた。この場合の報

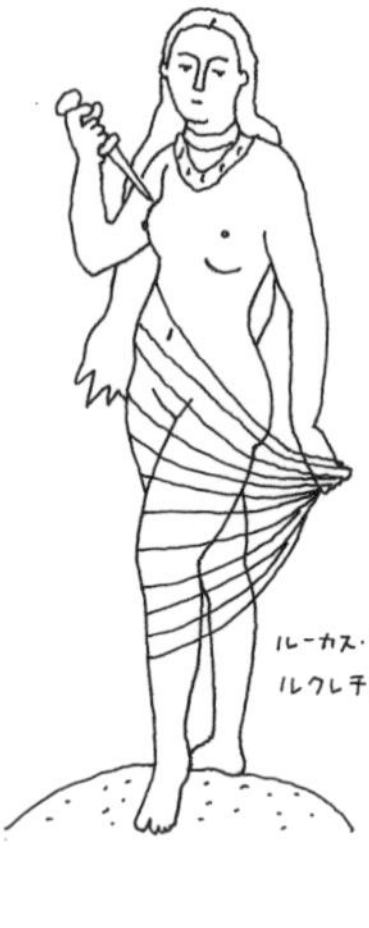

酬のことは聞きもらした。

また、クリムトは家のなかに数人の裸婦たちを歩きまはらせてゐて、それをちよいちよいとスケッチする、それが彼のエロチックなデッサンだ、といふことだつた。ただしこれについては、クリムトの描く肢体の奔放妖艶な線に魅惑された鑑賞者たちが作つた伝説だといふ説もある。

鹿島茂さんに言はせると、これは本当だらうとのこと。何しろ以前はモデル代が安かつた、さうでなければ貧乏画家たちがモデルを使へるはずがない、と彼は述べ、それからわたしたちはこんな話をした。『千年紀のベスト100作品を選ぶ』（講談社）といふ丸谷才一、三浦雅士、鹿島茂共編の本の、三人でしてゐる座談会から引く。

鹿島　ガヴァルニという画家がいるんですが、彼の手口というのはモデルを雇わないで、そこらへんのグリゼット（お針子）を引っかけといて、それをモデルにしちゃうという。
丸谷　クリムトもそうかもしれない。
鹿島　たぶんそれだったんじゃないかな。
三浦　いやあ、びっくりしましたね、そうなんですか。

鹿島　だからクラーナハもそうなのかもしれない。ああいう辺境にいると、パリみたいな、それこそプロのモデルがいてそれを描くという感じ、あんまりしないでしょう。

念のため注をつけて置けば、クラーナハはドイツ・ルネサンスの代表的画家。ルターの友達で宗教改革の支持者だつたことは有名だから、その信心深い男がかういふことをしてゐたとすれば（もちろんこれは鹿島さんの空想的推論だが）じつにおもしろい。ところでわたしのクリムトについてのゴシップは、かういふ発言を受けてのものだつた。

三浦　『ヴィーナス』（クラーナハの）は、やっぱり異様なものだよね。初めて見てびっくりしたものね。裸体像というのはヌードとネイキッドがあって、ヌードというのは天真爛漫な感じなんだけどネイキッドというのは無理やり剝がされたって感じするでしょう。クラーナハの『ヴィーナス』を見たときは、まさにこれがネイキッドって感じだね。それでいうとクリムトというのも、かなりネイキッド的なものを持っている人でしょ。

本当のことを言へば「ヌード」はラテン語 nudus から来たもので「ネイキッド」と同じ

意味である。この「ヌード」といふ言葉を普及させたのは十八世紀はじめのイギリスの批評家たちだつた。当時、イギリス人たちは未開で、藝術的に洗練された趣味がなかつた。さういふ連中に、大陸では裸体画や裸体彫刻の位置が高いんだよといふことを教へるため、「ヌード」といふ新語を使つたのである。このことはケネス・クラークの『ザ・ヌード』といふ本のはじめのほうに書いてあるが、これは『オクスフォード英語辞典』を引いてみてもわかる。といふよりも、美術史家は『オクスフォード英語辞典』を引いて調べたのだらう。ところで、モデル代についてかういふ補足意見がある。

鹿島　ただモデルにもいろいろあって、アカデミーなんかに雇われるギリシア・ローマ古典歴史画に出てきていいようなモデルというのはやっぱりいい体してるから高いんだけど、印象派だとか、そういう人達が雇ったモデルって、普通の女の子だから、なまなましいネイキッド的リアリティがある。

三浦　うーん！　値段のせいか。

この経済学的（？）美術史論はじつに大事なところを衝いてゐますね。アカデミーから印象派への画風の移り変りは、普通、前者の流儀の描き方でゆけば時間がかかつて手間取つて仕方がないのに反し、後者の描き方だと日にちをかけずにすぐ出来あがる、能率がいい、それで新しい画風が席捲した（面もある）と説明されてゐた。これにさらに鹿島説を付加へれば、アカデミーの画風では体のいい女の子、モデル代の高い女の子が求められるのに対し、印象派だつたら普通の女の子でいいから安あがりで、しかもそのほうがかへつてなまなましくて刺戟が強い、といふことになる。さう言へばルノワールなんかは農民の娘を裸にして描くのを得意にしてゐたが、あれは貧弱な体ではないが肥りすぎとも言へるから、ネイキッドにしてしかももちろん安い。

このアカデミーふうの古風な絵から印象派への転換による絵画史的栄枯盛衰を典型的に物語るのがアルマ＝タデマといふ画家の場合である。彼はオランダ人で、アントウェルペンの美術アカデミーで勉強してから歴史画の画家になつた。一八五九年に発表した歴史画について、ルイスといふ画家から大理石の描き方が下手だと批評され、彼の弟子になつて、大理石の描法を習ひ覚えた結果、大理石《マーブル》を描かせては随一といふ腕前になつて、マーブル・タデマなんて呼ばれ、彼の歴史画はじつにマーベラス（marbelous）だと言はれるやうになつた（もちろん marvelous にかけて）。とにかく勉強家だつたんですね。

はじめは中世とエジプトに材を取つてゐましたが、やがて古代ローマの生活を描くやうになり、これが大受けに受けた。絵の買ひ手はイギリス人、ドイツ人、アメリカ人が多か

つたので、一八七〇年の普仏戦争のころ、ブリュッセルからロンドンに移りました。彼の描く古代ローマでは、古代ローマ人の服装をしたヴィクトリア人の家庭生活が描かれてゐたので人気を博した、とマリオ・プラーツは言つてゐます。さうなんでせうね。マリオ・プラーツはイタリアの有名な美術史家で碩学。日本では『ロマンティック・アゴニー』(国書刊行会)といふ文学=美術史論で有名。いつぞや吉田健一さんはコロンビア大学で講演をした際、聴衆のなかにマリオ・プラーツがゐて、あとで紹介されたとき講演を褒めてくれたと言つて嬉しさうに語つてゐました。さういふ偉い学者なんです。そしてわたしのこの文章は彼の『ペルセウスとメドゥーサ』といふ本

（末吉雄二／伊藤博明訳・ありな書房）所収の『トーガを着たヴィクトリア朝人』といふ評論に大きくよりかかつて書いてゐる。彼に言はせると、「アルマ＝タデマの芸術はヘレニズム的、ポンペイ的な趣味の一様相を提示しているのである。それは一九世紀初頭の新古典主義がロマン主義とリアリズムによって汚染されながら、第二帝政時代まで生きながらえて迎えた最終局面なのである。（中略）つまり、簡明な輪郭、静穏な線、若さ、力、調和、美というきわめて標準化された古代ギリシアのイメージを理想とする趣味、美意識」といふことになる。

ところでこの英米人とドイツ人に好評だつたといふ国別の趣味の件はじつにおもしろいですね。古代ローマを描いた絵ならむしろフランス人が親近感をいだきさうな（彼らは自分のことを古代ローマ人の末裔だと思つてゐるから）ものなのに、さうではなかつたといふ点が注目に価する。

英米人はやはりギボンの『ローマ帝国衰亡史』のせいが大きいでせうね。あれはつまり古典古代のあとのキリスト教古代の研究で、じつに花やかな興味津々の時代でしたが、しかしどうもキリスト教といふのは感心しない変なものだな、みたいな懐疑主義が底流になつてゐる。それを十八世紀の洗練された文体と巧妙を極めた語り口で聞かせてくれる。そしてドイツ人のほうに関して言ふならば、まづ自分たちは神聖ローマ帝国を継承してゐると思つてゐたし、次にヘーゲルの『歴史哲学』の普及によつて、古代ローマ人が自分たちの文化的祖先であると信じ切るやうになつて（もちろんヘーゲルの影響は英米人にもかなり及ぶ）、そのため、キリスト教古代と「進歩の時代」西洋十九世紀とをわかりやすく重ね合せたアルマ＝タデマの絵が評判になつたのでせう。

フランス人の眼から見ると、彼の絵はラテン的な味が足りなかつたのかもしれない。ま、このへんはむづかしい問題。

彼のロンドンの邸内は豪華を極め、まるで彼の絵のなかの情景が再現されてゐるみたいだ、なんて言はれた。この邸でお客をもてなし（カルーソーもチャイコフスキーも常連だつたとやら）、それでいよいよ人気が高まつた。

わたしは画集でしか見たことありませんが、たしかに目茶苦茶にうまい画家です。達者だとか、悪達者だとか、悪口を言ひたくなるくらゐですが、しかしそれにしてはわりに気品があるので、ちよつと言ひよどむ。なほ、彼を非難しつづけたのはラスキンで、異教的だとか、道徳的でないとか、シェイクスピアのほうがローマ人をよく知つてゐるとか、いろいろけなしたけれど、シェイクスピアと比較されるなんて、いかにこの画家の位置が高かつたか、わかるでせう。

しかしこの相場に大変動があつた。またもやマリオ・プラーツから引用しますが、一八八五年には、かなりできのいいアルマ＝タデマの作品一点の価格で、その年までに描かれたモネの全作品を買ふことができた。そして、一九六〇年には、モネの大作一点でアルマ＝タデマの全作品を買ふことができた。

一八八五年ころのアルマ＝タデマはほぼ名声の絶頂にあつて、わたしが高階秀爾さんから借覧した画集にはこの年の作はありませんが、前年八四年の『脱衣室』（油彩でローマの女たちが入浴しようとしてゐる。手前にゐる女は全裸で、今ちようど左のサンダルを脱ぐ所。前方かなりの面積を占める大理石の床の克明な肌合ひが女たちの皮膚を引立てる）が収めてある。翌八六年の大作『アンピッサの娘たち』（もちろん油彩で、ディオニュソス祭の娘たちが、大勢、着衣ではあるけれど、横たはつたり眠つたり、まことにしどけなく、悩ましく、ふしだらである。ラスキンはきつとかんかんになつたらうな）は見開き二ページ。ヴィクトリア朝の好色趣味とお上品ぶりの双方にじつに上手に調子を合せてゐる。もちろん高いモデルばかり使つてゐたらう。そして一九六〇年は彼の没後四十八年。完全に忘れられた。

一方、一八八五年のモネは、貧困を脱してゐたと言はれる。八三年に描いたリヴィエラ

風景五十点は賞讃され、批評家たちは降伏したといふのだ。しかしこれはそれ以前の批評家たちの嘲笑と攻撃がどんなにひどく、かつての貧窮がどれほどはなはだしかつたかを知らなければあまり意味のない比較である。もつともモネは大家族をかかへてゐたし、浪費癖があつたので、普通の貧乏とはちよつと違ふのだが、八五年当時の彼の絵が安かつたことは想像できる。といふのは一八七八年にド・ベリオといふ医者は、例の、印象派といふ呼び名の由来となつた『印象・日の出』を二一〇フランで手に入れたといふ記録があるからだ。ちなみに、当時の山の手の医者は年収一万フランで召使二人と往診用の馬車を雇つてゐた。かういふデータはみなジャン=ポール・クレス

ペル『モネ』（高階絵里加訳・岩波書店）による。

とにかく一方がすごい高値で、もう一方が極端に安いから、かういふことになるのですね。この種の話につきまとひがちの誇張があるとしても、まあほぼ正確だらう。

ところが、最近また様子が違つてきました。モネの値に変動はないが、アルマ＝タデマのほうは人気が出てきたのである。マリオ・プラーツいはく、

今日ではアルマ＝タデマの名前は再浮上しつつあるが、一九七三年までは、その名を記憶していた者にとっても、作品の質はチョコレート・キャンディの箱の絵とか、せいぜいテクニカラー映画のスティール写真程度のものと思われていた。一九七三年は、サザビーのオークションでフント・コレクションのアルマ＝タデマの作品が全部一括して五七万ドルという高値をつけた年で、これ以降、美術品市場にアルマ＝タデマ作と推定される作品や贋作が出回りはじめた。つまり、この画家の評価は「ポンピエ」と呼ばれた、アカデミックな一九世紀のサロンの画家たちと同様の変転を経たのである。すなわち、生存中はきわめて有名だったが、その後軽蔑され、そしていま再評価されて多くの展覧会（一九六八年ベルリン、一九七三年パリ、その他にオーストラリアとカナダ）が催され、数多くの出版がなされている。

そして愉快なのは、このアルマ＝タデマの画風がたとへば『ベン・ハー』なんていふハリウッドの大作聖書映画において最もよく生きてゐるといふ彼の指摘である。御存じでせう、エルサレムの豪族の子ベン・ハー（チャールトン・ヘストン）が奴隷にされてガレー船の漕ぎ手になる。ローマ艦隊の司令官アリウス（ジャック・ホーキンズ）が彼の頑健な体に目をつけて別扱ひする。海戦で船は沈み、ベン・ハーは司令官を助けるが海戦そのものはローマの大勝利で、二人は都へ凱旋する。ベン・ハーは皇帝によつて解放され、アリウスの養子となる。アリウスの邸での大宴会。ここでベン・ハーは近くユダヤへ赴任する総督ピラト（例のイエス・キリストの処刑に認可を与へるピラト）に紹介されるのですが、この宮廷や邸宅の様子がまさしくアルマ＝タデマの画面そのものの豪奢さで、言ふまでもなく大理石をふんだんに使つてゐるし、女たちもぞろぞろゐる。タッパが高く奥行が深い大画面。もちろん監督のウィリアム・ワイラーは若いころアルマ＝タデマの絵をたくさん見てゐて影響を受けてゐるんでせう。画家の群衆処理能力の高さが映画監督のその方面への志向を育てた。かういふ影響の受け方は無意識のうちにかもしれないけれど。

わたしはマリオ・プラーツの本でこの関係を教はつて、とてもしあはせな気持になりました。実を言ふと、かういふいろんな領域での思ひがけない交流が大好きなんです。たとへば浮世絵がビアズレーに作用し(これについてはリンダ・ガートナー・ザトリンが一冊、本を書いた)、それがまた小村雪岱《せったい》を刺戟した(多分さうだと思ふ)、なんてことを思ふとうつとりする。山本周五郎の一時期の時代小説がフォークナーの内的独白の影響下にある、なんてのもちよつといい。日本画独特の「すだれ効果」(酒井抱一《ほういつ》の『夏秋草図屏風』で交叉する薄《すすき》の向うに白百合が大きくあつたり、鈴木其一《きいち》の『簾に秋草図』で簾に半分かくされて名月と秋草が見えたり)に黒澤明が学んで『羅生門』の葉越しの太陽を発明し(といふのはわたしの新説か)、その影響を『明日に向って撃て!』その他世界中の映画が受けたのも嬉しい。わたしは、国民文化なんてものはない、世界文化があるだけだ、といふボルヘスの台詞《せりふ》が昔から気に入つてゐる。

それで、マリオ・プラーツの本でアルマ＝タデマと『ベン・ハー』のことを知り、そのついでに「すだれ効果」のことやなんかいろんなことを思ひ出して、この話を今度、瀬川猛資さんに会つたらしよう、彼はかういふ話題を喜ぶからな、この話を聞けば向うはきつと膝を乗出して他の聖書映画のことをいろいろ言ひ出すにちがひない……と思つたのだが、ふと気がつくと、彼は一昨年(一九九九)亡くなつてゐて、もうこんな閑談を楽しむことはできないのだつた。びつくりした。かういふときの途方に暮れたやうな気持、変なものですね。

不文律についての一考察

思ひ込みといふのはあるもので、野球のルールは全部ルール・ブックに書いてある、やうな気がしてゐた。ところが違ふらしい。「週刊ベースボール」六月二十五日号（二〇〇一年）で千葉功さんが引用してゐるのから孫引きすると、ティム・カーキアンさんの『野球界の不文律』にかうあるといふ。

(1) 終盤にバントをして、ノーヒットノーランの記録を阻んではならない。

いかにもその通りだと思ふが、五月二十六日にダイアモンドバックスのシリング投手がパドレス戦で七回までパーフェクトで投げてゐたのを、八回一死後、パドレスのデービス捕手のバント安打で阻まれた。

ダイアモンドバックスの監督が怒つたといふけれど、もちろんどうしようもない。不文

律といふのは自粛を促すだけのものだからだ。

そしてかういふ、パーフェクト妨害、ノーヒットノーラン妨害は、日本では一杯あるし、むしろ一生懸命やつた、と褒められてきたんぢやないかな。

⑵　大きくリードして勝つてゐるときに、盗塁をしてはならない。

これは日本では逆に盗塁が奨励されてゐるやうな気がする。思ひ出す、一九九八年の高校野球青森大会、二回戦。東奥義塾対深浦。東奥義塾は八十六安打で一二二点を奪ひ、ノーヒットノーラン勝ちした（七回でコールド勝ち）。このときの盗塁数は七十八。

日刊スポーツの記事を見ると、真摯敢闘を褒めたたへてばかりゐる。ちつとも咎めてゐない。どうやらアメリカ野球の不文律は知らないらしい。飛田穂洲の野球道にはこんな不文律は輸入されてゐなかつたのだらう。一年くらゐ経つてから、誰かが、あれはアメリカだつたらきつく非難されると論じてゐて、わたしは「やはりさうか」と思つた。

なほ大量得点差のときの盗塁に関しては、同じ六月二十五日号の「週刊ベースボール」で海老沢泰久さんが書いてゐる。

五月八日のレッドソックス戦で、九点リードされた九回無死一、三塁からイチローが二塁に走つたが盗塁と認められなかつた。九点といふ大差で盗塁してもゲームにさほどの効果がない。そこで公式記録には、「守備側の無関心による進塁」と書かれるだけで、盗塁にならないのださうである。

これはルール・ブックに書いてあるのかな？　それとも不文律で、それが記録員の判断に作用するのかしら。どうでもいいやうな話だが、ちよつと知りたい。

そしてこの伝でゆくと、東奥義塾の七十八盗塁といふサディスティックな大記録は十盗塁くらゐに減少してしまひさうですね。

(3)　グラウンドで殴り合ひが起きたときは、ベンチやブルペンにゐないで、必ず現場に駆けつけなければならない。

この不文律が日本でしつかり守られてゐることは誰でもよく知つてゐる。メジャー・リーグと日本プロ野球の唯一の共通点か。

これについては何も付加へる必要ないでせう。

(4)　本塁打を打つた後、投手に対してこれ見よがしな態度を取つてはならない。

つまりガッツ・ポーズは失礼だといふわけね。これは最近日本でもすこし滲透してきたやうだが、以前はひどかつたなあ。秋山選手の本塁前でのバック転なんか、不文律に反することはなはだしいぢやないか。あのときたしか秋山選手は三塁コーチにお伺ひを立てた上であれをした。するとコーチが知らなかつたことになるね。

いや、ホームランでなくたつて、クロマティ選手がヒットで一塁に立つて、投手のほうに笑ひかけ、自分の頭を指す、あの身ぶりなんかは感じ悪かつたなあ。ああいふのは、アメリカ野球の最悪の部分を連れて来たわけだ。そんなことをしながら、「紳士たれ」なんて言ふのは矛盾してるよ。

(5) 明らかなダブルプレーのときに、スパイクを向けて滑り込んではならない。

これは言ひ添へる必要なし。

(6) 審判のボール、ストライクの判定に、打者も投手も不満を表す態度を取つてはならない。

これが守られてないことは御承知の通り。最近はすこしよくなつたにしても。

(7) 打席で捕手のサインを覗き込んだりしてはいけない。

これは当り前でせう。カーキアンさんは言つてないけれど、二塁ランナーが捕手のサインを打者に教へるのももちろん駄目。あれも紳士のすることぢやないものね。三塁コーチが打者に球種を教へるのも駄目。佐々木投手は日本プロ野球のあれがいやでアメリカに行つた、といふ話を小耳にはさんだことがある。いい口実を与へてしまつたね。

(8) 勝負がついた試合で、カウント0－3から思ひきりスウィングしてはならない。

問題はこれです。

五月二十五日、新庄選手がマーリンズの投手から報復のデッドボールを受けた。これは前日のゲームで、メッツが八点リードの場面で新庄が0－3から打ちにゆき、空振りしたことに対する報復なのだといふが、さうすると、0－3以後三球つづけてストライクが来たら三振しなくちやならないのかね。どうも変ですね。

メッツのバレンタイン監督が、

「大量リードで盗塁やバントをしちやいけないといふのはわかるが、0－3から打つちやいけないなんて話は聞いたことがない」

と言つて怒つてゐた、と海老沢泰久さんも書いてゐる。まつたく同感。

アメリカ野球の不文律ないし暗黙のルールでも、これは納得できないね。

果せるかな、といふ言ひ方もをかしいけれど、新庄選手がデッドボールを受けたとたん、次打者のジール選手は怒つた。つまり彼はこの仕返しが不当だと思ふ点でわたしと同じだつたわけである。彼は燃えた。

ジール選手は、今シーズンここまで打つたホームランはたつたの一本。

その男が、バッター・ボックスにはいると、初球をいきなりスタンドにはふりこんだ。このホームランは一一八打席ぶり。これで3対3。ゲームは振り出しに戻る。

ジール選手はあとで語つた。

「あんなに集中した打席はなかつたぜ。新庄のため、どうしても打ちたかつたんだ」

彼は三塁をまはつたところで、ペニー投手に向つて叫んだ。

「ざまあ見ろ、新庄の代りに言ふぜ」（“Suck on that for Shinjo.”）

このせいでペニー投手は、闘志をあらはにした腕の振り方をし、それを見てメッツの選手が何か叫びながら走つてゆき、あとは両軍入り乱れての野次りあひ、押しあひ。ただし殴りあひにはならなかつたといふ。

そして新庄選手は試合後に語つた。

「ジールのところへ行つてお礼を言つたよ。本当に泣きさうになつた」

かういふ話は「週刊現代」のＴ・Ｊ・クインさんの記事の受売り。かなりセンチメンタルなスポーツ美談になつてゐますが、まあ後味は悪くない。

これと似た事件で、わたしがそれ以上に首をひねつたのは、五月二十二日の日本のゲームで起つたこと。

ジャイアンツ対スワローズで、スワローズが8対1と大量リードしてゐて走者三塁のとき、スワローズの藤井投手が打席に立ち、ショート・ゴロを打つて一塁に全力で走つた。これを見てジャイアンツ側のベンチが野次つた。

「常識知らんのか」

「何考へてんだ」

つまり不文律を破つたといふわけである。わたしはいま海老沢さんの文章を横に置いてこれを書いてゐるのだが、海老沢さんは、いつからそんなことが球界の常識になつたんだらうと不思議がつてゐる。

なほ、彼はこの野次をとばした連中の名をあげてゐないが、噂によると、村田選手、元木選手、清原選手、それに原コーチで、とりわけ原コーチがこの「常識」を教へようとして教育熱心だつた、といふ。うーむ、好漢惜しむらくは情熱のはけ口がないらしいなあ。

わたしは投手の打撃を見るのが好きで、やはり投手になるくらゐの選手はすごい運動神経の持主だなあと思ふと（思はせられると）とてもいい気持になる。あの日本シリーズでの稲尾投手のサヨナラ・ホームランなんて、日本野球の神話だなんて思つてゐる。この説は豊田泰光さんの大賛成を得たからいはば折紙付き。その神話を必死になつて忘れようとしてゐるのがパ・リーグのＤＨ制で、一方、神話の記憶を大事にしてゐるのがセントラルと思つてゐたが、をかしなことに、ジャイアンツの投手の打率の低さ（といふよりも打つ気のなさ）は、驚くべきものである。

千葉功さんによれば、六月五日現在でスワローズの投手の打率は・０９９で打点は10、それに対してジャイアンツの投手陣は打率・０７３で打点は２。

そして藤井投手の打撃成績は26打数４安打で、打率・１５４ださうである。これでは自分のチームの投手とあんまり違ふから、非常識（！）だといふことになるのか。

しかしわたしはジャイアンツの悪口を言ひたくて机に向つてゐるのぢやなかつた。それもすこしはあるかもしれないが、もつと高尚な動機もあつた。

それは不文律について考へたい、むづかしい問題なのでうまくゆくかどうかわからないが、ちよつと論じてみたい、といふ気持であつた。立派な動機でせう。

「不文律」といふのは訳語ですね。もともと日本にあつた言葉ぢやない。「不文法」とも訳す。そしてこの「不文法」を永井荷風が使つてゐるのですね。

『ふらんす物語』中の『再会』といふ一篇。フランスにある「自分」が以前アメリカで知合ひになつた蕉雨といふ洋画家とパリで再会する。このあひだまで、この両人は、どちらも、本当はフランスへゆきたいのにアメリカで暮してゐる身だつた。

「何につけても吾々には米国の社会の余りに常識的なのが気に入らない。（中略）何も彼も例の不文法（Unwritten law）と社会の輿論（Public opinion）とで巧《たくみ》に治《をさま》つて行く米国は吾々には堪へがたい程健全過ぎる」といふ具合に使つてあつた。

このアメリカ論は、さすがは荷風と言ひたいくらゐ、鋭い文明批評になつてゐますね。いろんな国からの移民が集つて、人工的に作つた国だから、成文法で治めてゆくのは大変である。煩雑になつて、面倒くさくて仕方がない。そこで法律は、丹念に作るけれどその限度も認めて、つまりほどほどにして、あとは不文律と世論でやつてゆく。そのため、よく言へば常識的だつたり、健全だつたりする。悪い場合には大衆路線でゆくことになつて、低俗になる。そんな気持を荷風は言ひたかつたのでせう。これはホイジンガが、アメリカでは真の国家観念は脆弱だが社会的＝道徳的統一体を形成しようといふ気持は強烈だ、と述べてゐることとかなり関連があるはずだ。

そして、そのアメリカ的生活感覚が国技である野球に出て来ると、成文法つまりルール・ブックと不文律すなはち自己規制との両立となるのでした。これは考へてみれば、法律にしにくい厄介なこともいろいろあるものね。大量得点の大量とは何点差から言ふかなんてことは、ルール・ブックの文章で決めるわけにゆかない。不文律にとどめるのが当然です。

そして日本の野球は、以前はルール・ブックだけを学ぶ段階だつたのに（ただしなぜか乱闘だけはしつかり学習した）、最近やうやく（日本人のメジャー・リーガーがふえてきたせいもあつて）不文律のほうまで学ぶやうになつた。それを下手に（あるいはいい加減に）学ぶと、ジャイアンツの選手やコーチのやうなことになるのぢやないか、と思ひます。とは言ふものの、この不文律といふのは知恵ですね。文章に書くと面倒になつたり傍《はた》迷惑になつたりする。それを敢へて書かずに置く。そのせいで銘々がいろいろ工夫して、かへつてうまくゆく。さういふ仕組みですね。

その、不文律にすべきことを成文法にしたため変なことになつた好例がわが国にあります。これはをかしな法令の最たるものとして有名である。わたしはこのことを笠松宏至さんの論文で知つたのですが、ちよつと紹介しませう。

御成敗式目といふのは鎌倉時代の法典で、わづか五十一ケ条より成る。そのなかの一条に、悪口の罪といふのがあつて、「闘殺の基、悪口より起る」（喧嘩して殺人になるのは悪口からはじまる）と書き出し、「軽い悪口」でも拘禁、「重い悪口」は流罪と定めた。これはどうやら、面と向つての悪口を念頭に置いてゐる条文らしいのですが（原文すこぶる難

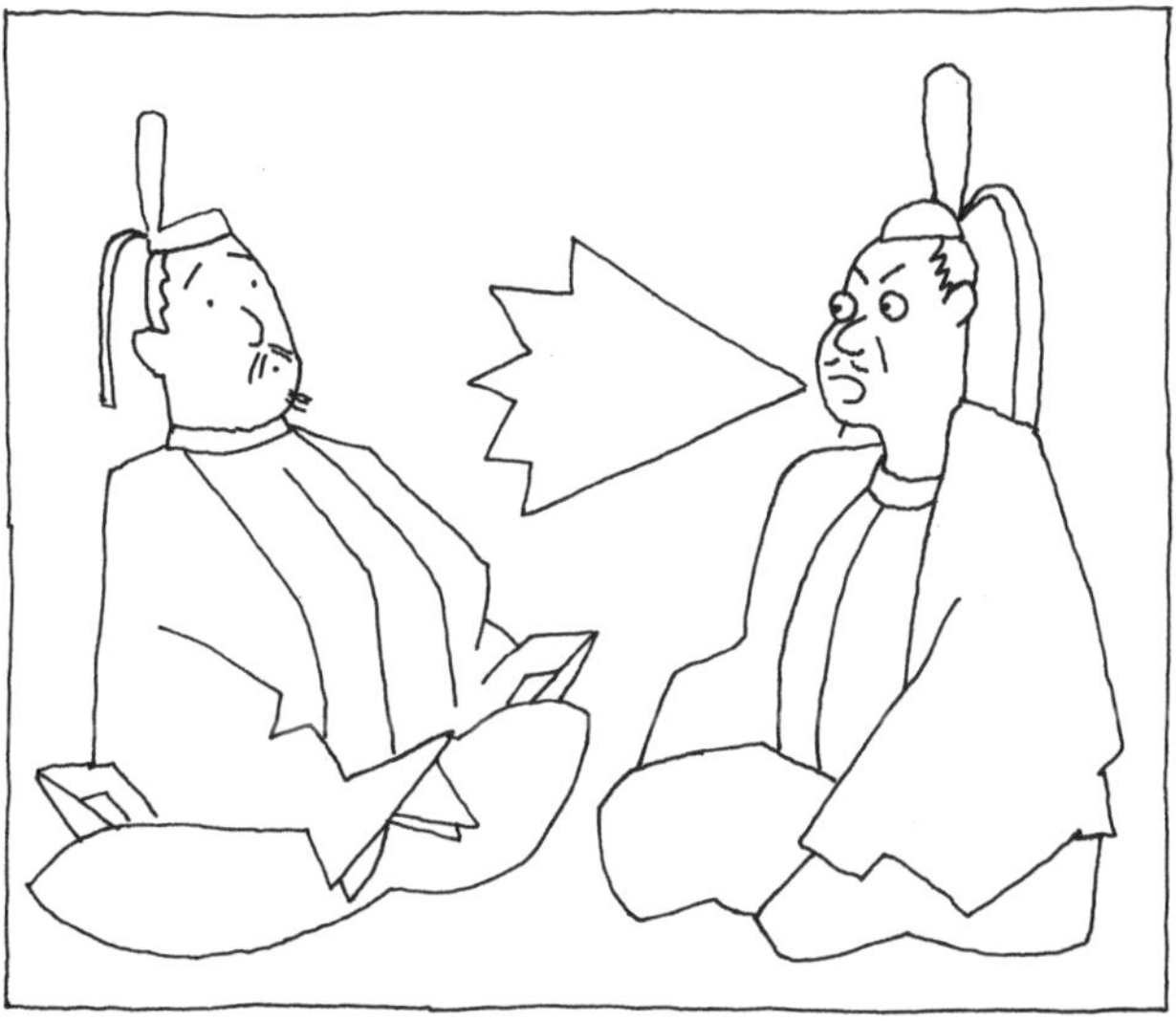

解、よくわからない）、うーん、これはすごいですね。流刑地がたちまち満員になりやしないかと心配である。
さらに、法廷内での悪口は、当該訴訟「有理」（筋道が通つてゐる）のときは敗訴になり「無理」（道理にはづれてゐる）のときは没収刑、といふことに決められてゐた。
悪口が刑事罰の対象になるなんてことは、日本中世の武家法では極めて珍しいのださうで、このせいでお前は悪口を言つたぞと人をおどしたり、他人の自由や財産を奪ふ理由にしたりしたといふ。
とりわけひどいのは法廷内の悪口で、何しろ悪口を言つたほうが敗訴と決めてあるのだからいちいち相手の言葉尻をとらへて悪口だ、悪口だ、俺は悪口を言はれたぞと言ひ立てた。単に法廷内の言説だけではなく、訴陳状の文言についてもこれは悪口だと騒いだといふ。それはさうだらうな。相手が悪口を言つたことにすればこつちが勝つのだもの。ぜつたい言はせようとするよ。あるいは、言はれたことにしようとするよ。何だか滑稽でもあるし、哀れでもある。

そのいろいろな珍談は『中世の罪と罰』（東京大学出版会）所収の笠松さんの論文で読んでいただくとして、この悪口罪なんか、成文法にしたせいで、をかしなことになつたのである。他人の悪口なんか面と向つて言はないのが武士のたしなみといふ不文律で充分なのだ。立法者の北条泰時は武士たちの分別を信用してゐなかつたので、こんな失態を演じたのだらう。

アメリカの禁酒法だつて、成文法にしたからまづいので、不文律にして置けばよかつた。いや、待てよ、不文律にすることも不可能か。あれは所詮、禁ずべきものではなかつたのでせうね。

禁酒法の件はともかく、成文法と不文律といふ分類はかなり刺戟が強い。心をそそる。われわれの人生には、この不文律によつて定められてゐる要素がずいぶんあるからだ。

といふ話を友達にしたら、彼はいくつかあげてくれた。

社内結婚をすると女のほうが退社する、といふことになつてゐる会社がある。

これは平気平気、かまはないかまはない、といふ会社ももちろんある。一概には言へない。でも、あんまり社内結婚をされると困るから、制限する気持で、そんな不文律を作つたのかな。

その人物はこんなことも言つた。

婚外交渉のとき、お互ひに配偶者のことは口に出さない。家族のこと、子供のことは語らない。

これは普通、たしかにさうでせうね。しかし、恋の味を濃厚にするため、わざと話題にする、といふ悪趣味もありさうな気がする。

などと論じあつてゐるうちに、人類最大の不文律といふべきものに思ひ当つた。それは、他人の見てゐるところで性交をおこなはないといふこと。

これは人種、民族を問はず、共通なはずで、ソロモン海の珊瑚島群であるトロブリアンド諸島においても、住民は「性行為はいつでも他人から隠すべきものと考へてゐる」とマリノウスキーは言つてゐた。そしてたしかデズモンド・モリスさんは、「犬や猫は、『人間つて変な動物だ、他人の見てゐるところではしないんだから』と言つてゐるだらう」とドリトル先生みたいな能力をひけらかしてゐた。

これはどうしてなのか、この不文律はなぜ生じたのか、はおもしろい問題だが、もつと興味深いのは、これをなぜ不文律にして、成文法にはしなかつたのかといふことである。私見によれば、こんなこと馬鹿ばかしくつて、とても法律の文章になんか出来なかつたのだらう。ついでに言つて置けば、脱糞や放尿だつて、人前ではしないといふのが人類共通の不文律である。そしてこれを法律にして定めようなんて、そんな頓狂なことを思ひついた為政者はゐなかつた。

もつとも、田中耕太郎といふ最高裁長官が、ポルノ取締りの原理として確立したのは、人間は他の動物と違つて人前で性行為をしない、それだけの慎しみがある、この慎しみをポルノは破つてゐる、ゆゑにポルノはよくない、といふをかしな理屈だつた。これは、(1)行為(この場合は性交)と行為の模倣(この場合は性交の描写)とを同じあつかひにしてゐる、(2)不文律をもつて来て成文法の根拠にしようとしてゐる、といふ二重の無茶苦茶をやつてゐるわけですね。

わたしは『四畳半襖の下張』裁判のとき、特別弁護人としての弁論で、この(1)のほうについては、殺人と殺人を描く小説ではまるで違ふぢやないか、『明治一代女』を演じた水谷八重子は殺人犯なのか、などと縷々弁じたけれど、(2)のほうについては言はずじまひであつた。ちよつと残念ですな。言へばよかつた。

と書いてから思ひ出す。

『四畳半襖の下張』裁判の両被告（野坂昭如さんと佐藤嘉尚さん）が二審判決で有罪となつたとき、わたしは「世界」にこの判決への批判を載せた。二審では弁護人の発言はないから、かうするしかなかつたわけです。その一文はかなり長い評論で、二審判決をからかひづめにからかひ、攻撃し、論難し……裁判官たちの悪口を言つてゐた。鎌倉時代ならぜつたい島流しですね、あれは。そしてこの雑誌の読者たちから編集部に、ああいふおもしろいものを載せると「世界」が「世界」らしくなくなるといふ投書が殺到した。といふ噂であつた。

もう一つ、これは直接わたしに反響があつた。大岡昇平さんがわたしに、

「君は裁判に負けたのがよほどくやしいんだね」

と言つたのである。

あれにはびつくりしましたね。と言ふのは、わたしは大岡さんのことを大変な負けず嫌ひだと思つてゐたからである。大岡さんからこんなこと言はれるやうでは、おれもかなりの負けず嫌ひなのかな、まさかそんなはずはないけれど、なんて思つた。

しかし、野球の不文律の話から書き出してつひには四半世紀前の裁判の思ひ出に及ぶのをみると、大岡さんの人物評は正確なのかもしれない。

八月はオノマトペの月

加藤和夫さんは金沢大学の先生だそうだが、この方のお書きになつたもので、雪道がツルツルな状態を言ふ金沢方言に「キンカンナマナマ」といふのがあることを知つていささか興奮した。ちよつと引用すれば、

「キンカンナマナマ」とは、冬に道などに降り積もった雪が踏み固められてツルツルになった状態をさす擬態語である。（中略）何とも不思議な響きをもつこのキンカンナマナマ。キンカンは、キンカンアタマで「禿頭《はげ》」をさす地方があるように、柑橘《かんきつ》類の金柑《かん》の表面がツルツルした状態に喩《たと》えたものと思われる。ナマナマは「生々」で新雪のイメージだろうか。

こんなことで興奮とは大仰なと笑はれるかもしれないが、これには郷愁の思ひ、それとも幼少時を懐しむ心がひそんでゐる。わたしの生れ育つた山形県鶴岡では、冬、雪道が凍つてテカテカになつたのを「キンカ」と呼んだ。殊に夜ふけに街を歩くと、ものすごい「キンカ」で、すべつて怖かつた。当時は毎冬のやうにかうなつたから、大人も子供もこの言葉をしきりに使つた。その「キンカ」が何に由来するかなんて考へたこともなかつたが、「金柑」が語原と知つて、なるほどなあ、さう言へばあのツルツルテカテカの道は禿頭に似てないこともないなと興がつたのである。ちなみに『日本国語大辞典』第二版を引くと禿頭の意の「キンカン」「キンカ」は諸国の方言として載つてゐるけれど、雪道のツルツルテカテカを言ふ「キンカ」「キンカンナマナマ」は見えない。(同じ辞典の第一版の「キンカ」の項には方言のトップに山形県庄内の方言として「道の雪が凍って鏡の面のように光ること。」が出ていたのに第二版では消えてしまつた。惜しいことをした。)第三版のときにぜひ入れてね。

加藤さんの文中でちよつと気になるのは「ナマナマ」を新雪の意かとしてゐることである。これは、

なまなまと枝もがれたる柘榴かな　蛇笏

でもわかるやうに、果物の新鮮さを言ふもので、つまりもぎたての金柑の果皮さながらにテカテカと光る、凍てついた雪道なのではなからうか。

ところでこの「言語」八月号（二〇〇一年）は『楽しいオノマトペの世界』といふ特集でありまして、『オノマトペと音象徴』からはじまり『マンガで学ぶ英語のオノマトペ』で終るまで長短十九篇が並ぶ壮観で、加藤さんの方言論はそのなかの一篇（ただし「キンカンナマナマ」が果してオノマトペすなはち擬声語や擬態語かどうかは議論が分れさう）。

わたしがこの特集でもう一つ注目したのは、ウィリアム・J・ハロフスキーといふ名古屋学院大学の先生の『英語でオノマトペ入りの俳句をつくる』であつた。この先生は、英作文のクラスで英語の俳句をつくらせるのである。おもしろいね。その際のきまりは次の如し。

(1)十七音節（五―七―五）であること。
(2)季節、自然を題材とすること。
(3)動詞の時制は現在形を使ふこと。
(4)オノマトペを使ふこと。

このうち(4)はハロフスキー先生の趣味によるものださうだが、(a)趣味といふ要素のほかに、(b)オノマトペは日本の詩歌にあざやかな実感を与へてきた、(c)中学、高校の英語の授業では英語のオノマトペがあまり教へられてゐない、といふ理由もある。

わたしには(a)はもちろんよくわかる。(b)も、言はれて見ればたしかにその通りですね。オノマトペの口語性、直接性、具体性はじつにおもしろい効果をあげてゐる。

そして、(3)の現在形に限るといふのは、うーむと唸るくらゐ感心した。これは山崎正和さんがエミール・シュタイガーを援用して論じてゐることですが、抒情といふのは世界を過去の思ひ出として感受する態度であり、一瞬の記憶の蘇りである。その蘇りは現在においてなされるし、その現在の一瞬性をもつともよく把握し表現する抒情詩が俳句なのである。それはたとへば大過去と過去とを対比する、「御手討の夫婦なりしを更衣　蕪村」の場合でも変らない。ひよつとすると過去かもしれない事件（更衣）は現在の情景として歌はれることで印象が鮮明になる。心に迫る。このハロフスキー先生、俳句の本質をよくつかまへてるよ。

学生の作つた作例を八つあげてゐますが、ここでは二つ紹介する。イタリックになつてゐるのがオノマトペ。

on a warm spring day
with birds *chittering* above
time passes calmly
（春の空鳥がさえずるのどかな日）

singing cicadas
sound just like a crowd *buzzing*
at a festival

（祭礼のざわめきのようセミのうた）

実はわたしもこの先生の門下生にまじつてやつて見ようと思ひましてね。新しく想を構へるのは面倒だから、旧作、

ばさばさと股間につかふ扇かな

の英訳を試みたのですが……むづかしくてよしました。何しろ、暑くて暑くて。

さて、八月号がオノマトペ特集である雑誌がもう一つあつた。「俳句」である。これが『オノマトペの研究』なる大特集をやつてゐて、佐佐木幸綱さんと坪内稔典さんの対談、その坪内さんの選による『オノマトペの名句一〇〇』、六氏による『私の好きなオノマトペの句』、読者応募オノマトペの句の選考結果発表と、じつににぎやか。

まづ一〇〇句を見る。最初に、これがオノマトペかねと不審に思つたものを二句あげる。

笹折て白魚のたえ〴〵青し　才麿
甘草の芽のとびとびのひとならび　素十

この「たえ〴〵」と「とびとび」がオノマトペだといふのがどうも納得がゆかない。これは佐佐木、坪内両氏の対談において、

坪内―飯田龍太さんはどちらかというと子規タイプで、多く使われてはいますが、ユニークではないですね。有名な〈いきいきと三月生る雲の奥〉の「いきいきと」はある意味ではありきたりな言い方をうまく使っています。この「名句一〇〇」では〈黒猫の子のぞろぞろと月夜かな〉をあげました。「ぞろぞろと」というオノマトペそのものは何ということはないけれど、使い方がうまいんです。
佐佐木―その「いきいきと」はオノマトペとは言わないんじゃないですか。いわゆる重ね言葉と擬態語は違うでしょう。
坪内―どうなんでしょう。そのへんは微妙ですね。楸邨の〈雉子の眸のかうかうとして売られけり〉の「かうかうと」は「皓々と」だとすると、龍太さんの「いきいきと」も同じでしょう。
佐佐木―「いきいきと」、うーん、動詞が生きている場合はちょっと違うんじゃないかと思いますが。

坪内―ただ、たとえば「ぎりぎりの」は意味よりも音を先にとると、オノマトペとして受け取れるでしょう。たとえば櫂未知子《かいみちこ》さんの〈ぎりぎりの裸でゐるときも貴族〉。
佐佐木―「ぎりぎりとネジを巻く」と「ぎりぎりの裸」は違うね。ただ、「ぎりぎりの」のなかには「ぎりぎり」も響いているところがある。そこのところです。
坪内―様子をとらえるという意味でいうと「いきいきと」は擬態にはなっているんです。ある状態をとらえていることは間違いないから。

などと熱心に論じられてゐることに通じるもの。つまりわたしは佐佐木さんと意見を同じうする。

　まあそれはともかく。

　稔典選の一〇〇句中、わたしのとりわけよしとするものは、

によつぽりと秋の空なる富士の山　鬼貫
むめが〻《香》にのつと日の出る山路かな　芭蕉
馬ぼく〱我をゑに見る夏野哉　〃
春の海終日《ひねもす》のたり〱哉　蕪村

ここでちよつと余談。この「のたり〳〵」について、かつて某作家は、いつぞや伊豆へ行つて春の海の音に耳を澄ませたが、いくら聞いても海の音は「のたり〳〵」と聞えないといふ随筆を書いた。これが音ではなく波の動き方の形容だといふことを知らなかつたのである。ちなみにこの人、作家になる前は長く国語の教員を勤めた。

名句に戻る。

むまさうな雪がふうはり〳〵と　一茶
秋の蚊のよろ〳〵と来て人を刺す　子規
をりとりてはらりとおもきすすきかな　蛇笏
水枕ガバリと寒い海がある　三鬼

この三鬼の句には年少のころ感動したなあ。いま見てもいい。

寒雷やびりりびりりと真夜の玻璃　楸邨
づかづかと来て踊子にささやける　素十

鳥わたるこきこきこきと罐切れば　不死男

現代俳句におけるオノマトペの重要性はこの不死男の句によつてがらりと変つた。記念碑的な作。

黒猫の子のぞろぞろと月夜かな　龍太
貝こきと嚙めば朧の安房の国　〃
ふはふはのふくろふの子のふかれをり　實

實とは小澤實。

それにしても龍太の二句目はすごい藝だね。貝の固さと朧の柔かさとを重ねて安房の国の質感といふか感触といふかがたちまち浮びあがる。

この一〇〇句のほかでは小川軽舟さんのあげてゐる、

ごぼ〳〵と薬飲みけりけさの秋　紅葉

に感服した。何てことないやうに見えて、すごくうまい。この寂しさをいかにせむ、とい
ふ気分になる。中原中也が発句をつくつたら、かういふのになるんぢやないかな。

さて、実はここからが本論なんです。

現代日本の一流誌二つが八月号にオノマトペ特集をおこなつた。どうしてだらう。普通、八月号でやるのは、旅行かビールか、戦争関係の特集ぢやありませんか。さうね、この戦争が一番派手ですね。真珠湾の奇襲をルーズベルトは本当は知つてゐて、開戦の口実を作るため海軍に教へず、はふつて置いたのだ、とか、山本五十六はポーカーと女にかけてはすごかつた、とかまあその手の話を並べる。それが八月号の定石でせう。

従つて「俳句」八月号と来れば戦争俳句の名句一〇〇選とか、抵抗の俳人西東三鬼とか、反戦俳句と反戦川柳とか、まあそんなふうにゆく。「言語」八月号なら、アメリカ軍の配つたビラはどうしてあんなに古風な日本語だつたか、とか、日本の暗号はなぜあんなにやすやすと解読されたのかとかを日本語の特性、日本人のおめでたさ、日本軍人の頭脳程度、教育程度などにからめて論ずる。それが普通でせう。

しかしながら今年、「俳句」と「言語」は別口で行つた。揃つてオノマトペを扱つた。これはどうしてだらうか。

八月とオノマトペとは何か関係があるのかしら。

昔、T・S・エリオットは「四月は最も残酷な月」と歌つたから、四月と残酷さなら切つても切れない縁がある。

そして七月がサラダと関係ありなことはみなさんよく御存じの通り。

しかし八月を詠み込んだ名句も名歌もないね。詩もないんぢやないか。

『ファミリアー・クォーテイションズ』といふ引用句辞典で August を引く。

R・T・S・ローウェルといふ聞いたことのない詩人は、

八月も末、干草が
納屋で軋るころ

と書いてゐる。エズラ・パウンドは、

八月、番ひの蝶はすでに黄色

とこの人にしてはじつによくわかる、わかるのでかへつて不安になるくらゐのことを言つてゐる。バイロンは、

イギリスの冬――七月に終り

八月に再開

とオーバーな話をしてゐる。

軋る（creaking）がオノマトペだと無理やりに言ひ張ればともかく、しかしこれだつて多分無理だと思ふし、第一わたしが知らない詩人の詩を両編集部の編集者が思ひ浮べるはず、あるもんか。

八月？

何があるだらう。あれはたしかゲーテが生れた月だが、ゲーテの詩で有名なオノマトペは……何かあるかもしれないが、どうも思ひ出せない。ひよつとすると最初から覚えてないのかもしれない。さう言へば八月はわたしの生れた月だが、そしてわたしには先程あげた「ばさばさと」といふオノマトペ入りの句があるが、八月生れといふことも、この句も、日本のジャーナリストは誰一人、心に留めてないだらう。別にひがみやしないけれど。従つてこの線はなしとしなければならない。

ここで考へる。さつきビールといふのがちらと顔を出した。あれが気にかかる。そのへ

んにこだはつて見よう。
われわれ日本人の思考は歳時記的である。めいめいが頭のなかに季寄せみたいなものを持つてゐて、一月と聞くと門松とか百人一首とかお年玉とかがぱつと浮ぶ。三月ならお雛様、水ぬるむ、彼岸、ひばり。さういふふうに一年を花鳥諷詠的に生きてゐる。
そこで、実際に歳時記の八月の所をあけてみよう。オノマトペと濃密な関係のある季語はないか。
ありましたね。しかもじつに多い。
盆踊
花火
ひぐらし
つくつくぼうし
秋の蟬

稲妻

こんなのがみんな、日本人全体の意識の底に刷り込んであるわけです。八月と聞くと、花火がポーンとあがつたり、パツと夜空を彩つたり、ひぐらしが鳴いたり、稲妻がきらめいたり……オノマトペ的世界になる。

これぢやないでせうか。

普通、八月号は七月に出る。その編集プランは、早ければ三月か四月、いくら遅くても六月のはじめに考へて、原稿を発注する。政治経済関係のものとか、VIPが亡くなつての追悼特集とかは別ですが、概してまあ、こんなものらしい。

そこで編集者たちは春から初夏にかけてのころ、頭のなかの歳時記や季寄せをちらりと思ひ浮べ、それに刺戟されて、

「八月号ね。八月……うーん。花火……蟬……盆踊……稲妻……」

などと心の底でつぶやき、その結果、あ、さうだ、とオノマトペ特集を思ひついたのでせう。違ふかしら。もし違つたら、ごめんなさい。

と書いてから、もう一つ思ひつくことがある。今回は何度も出てもらつてゐる俳人の句に、

おそるべき君等の乳房夏来《きた》る　三鬼

といふのがあつて、これは言ふまでもなく女体を歌ふ。女の体を恐れかつあこがれる。あるいはマンヂユウ怖いみたいなもので、熱烈に求める。夏は恋情をそそり、高め、男女の仲を乱れさす。これは大兄も（いまこのページを読んでるあなたです）身に覚えがあるでせう。その夏の代表が八月。

そして乱れたときはもちろん種々様々の事態になり、オノマトペの愛用、多用、濫用に向いた話になる。これが両誌の編集者の脳裡にゆらゆらとゆらめいて、オノマトペ特集を考案させた、といふ要素もすこしはあるのではないか。まつたくないとは言ひにくいのではないか。

かういふ情景に用ゐられる日本語のオノマトペが具体的にどういふものかは、最近その種の印刷物がおびただしく流通してゐますから、ここで例をあげる必要はないでせう。

影武者ナポレオン

影武者といふものに関心がある。

あれはどうやら日本独特のものらしいのだ。もちろんこの言葉が指示する役割それ自体は、外国にだつてないわけぢやない。

たとへばアレクサンドロス大王は、部下の一人に自分と同じ服装をさせて野営地にとどまらせ、自分は部隊の一部を率ゐて敵の本拠を襲つたさうである。それからこれはジャック・ヒギンズの戦争小説で、二千年余も一挙に下るわけですが、ドイツ軍の将軍ロンメルが部下の一人で自分に似てゐる者に自分の服を着せ、本営のあたりをぶらぶら歩かせる。そのあひだにロンメルは別の方面へ行つて大活躍、といふのがあつた。イギリス人はロンメルが大好きですね。ヒトラーにいぢめられながら自分の使命を全うした、男らしい奴、

といふわけか。これはわれわれ日本人の周恩来好きと一対をなすやうなものかもしれない。

批評家の平野謙さんは周恩来びいきでした。

「毛沢東と違つて、細君を大事にしてる所が感心だ」

なんて言つてた。中国および日本で周さんが人気がある理由の一つは、これなのかなあ。

えーと、話が変な方角へ行つてしまひましたが、影武者的現象それ自体は西洋にもはつきりとある。アントニー・ホープの『ゼンダ城の虜』なんてのも影武者的な筋だつた。ところがこれを指示する言葉がない。その證拠には、さういふ話をするとき、外国の本ではもたもたと説明する。日本の本なら「影武者」と言へばそれですむのに。

ないんですね、あの言葉。いつぞやサイデンステッカーさんに質問したら、首をひねつたあげく、

「強ひて言へば『ダブル』でせうか」

なんて言つてゐた。

中国でも同じですね。影武者といふ現象はある。しかしこれを指す言葉はないらしい。漢の高祖が項羽の率ゐる楚の大軍によつて滎陽《けいよう》城を包囲されたとき、家来の紀信が高祖の衣裳を身につけて、王車に乗り、夜陰に乗じて城を出てゆき、降伏した。楚の軍勢が囲みを解いたすきに高祖は三十余騎を従へて落ちて行つた。

朝になつて項羽が対面すると、それは高祖の臣紀信なので、怒つて刺し殺した、といふ話がありますが、これにはその役割を指示する語は用ゐられていない。

ここでちよつと、モノとコトバとの関係について一言。

コトバがないのはモノがないからだ、と考へてゐる人がよくゐます。たとへば西洋には「建前」と「本音」といふペアのコトバがない。それは西洋人の生活にはさういふけしからぬことがないからだ、それに引きかへ日本人は……なんて論じる。しかし、人間だもの、この二つに該当するやうなことがないはずはない。あるに決つてる。

ただ彼らの社会では、なぜか、それが制度化されてないわけですね。あるいは無意識の底にもぐつてゐる。コトバに出して言ふことができないほど意識が抑圧されてゐる場合もあるだらう。

モノとしての影武者は、日本に古くからありました。平将門にはゐたといふ。『太平記』で村上四郎義光《よしてる》が大塔宮（つまり護良親王）の錦の鎧と直垂《ひたたれ》を着て、高櫓に登り、自分は大塔宮であるぞと大音声に名乗つて切腹する。それを『太平記』は「宮の御学《おんまね》」をしてと書いた。これは「影武者」といふコトバが出来てなかつたことを示すものですね。ちなみに『太平記』は十四世紀の成立。

コトバとしての「影武者」の初出は、近松半二、八民平七、松田才二、三好松洛、竹田

新松、近松東南、竹本三郎兵衛共作の浄瑠璃で、『近江源氏先陣館』（一七六九年初演）盛綱陣屋の場。

「第一の大敵、佐々木高綱を討ち取つたれば、腹心の害は払ふたり。さりながら此の佐々木、古往《いにしへ》の将門に習ひ、一人ならず二人三人影武者あつて、何れを是と見分け難し」

これはもちろん文献ではこれが今のところ一番古いといふだけの話で、将来もつと前のものが出て来る可能性はある。人形浄瑠璃の台本書きが使つたのですから、見物衆が聞いてわかるコトバだつた。つまり十八世紀の半ばにはよく使はれてゐて、上田秋成だつて大岡越前守だつて知つてゐた。ひよつとすると、十七世紀の宮本武蔵だつて徳川千姫だつて知つてたかもしれない。

そしてわたしは、西洋でも中国でもそのモノそれ自体はあるのにコトバはなく、一方、日本にはモノはもちろんコトバもある、これはなぜなのかと考へるのですね。これはやはり日本人の影武者好きに由来するものでせう。この概念を口に出す頻度が高いのである。上杉謙信も、武田信玄も、西郷隆盛も、影武者がゐたと言はれてゐました。でも、それなら、なぜわれわれは影武者が大好きなのか。

これは、日本では、大将を倒しさへすればそれで勝ちといふ考へ方が支配的だからでせうね。軍勢が群れをなして手つかずで残つてゐても、大将がやられたら、もうおしまひである。つまり日本人の勝敗感覚は将棋型なんですね。囲碁型ではない。となれば、恰好だけでも大将を残して置きたい。まだゐることにして取り繕ひたい。うまく取り繕ひさへすれば、まだ負けないのである。

さう言へば、日本の王権はどうも形式面を重んじる。前野直彬さんから教はつて何度も引用したことですが、中国の天子は最高の官僚であつてじつによく働く。これに対して日本の天子は最高の神主で、もつぱら神事を受持ち、政治の実務は他人に任せてゐる。天皇の権力は、上皇、摂政、関白、征夷大将軍に委ねて、それで平気である。さらにはその征夷大将軍だつて、権力を管領だの執権だのにあづける。

日本の王権のしるしは三種の神器といふ単なるモノで、それがなくなるとコピーを作つて間に合せる。これと似たやうな現象として、歌舞伎なんかでは、小倉の色紙とか千鳥の香炉とかがなくなると大名の家が断絶しさうになつて大騒ぎになる。

かういふ形式尊重的な社会だから、大将がゐようがゐまいが別にどうつてことはない、それらしき者、つまりコピーがゐさへすれば大丈夫、といふ心理が底流してゐた。そこで民衆の想像力の所産として影武者といふ制度が生じたのではないか。

そしてこれが御霊信仰と妙な具合に結びつくと、源義経なら源義経の亡魂をいとほしむあまり、彼は衣川で死ななかつたことにして、その代り身代りの影武者が死に、義経は蒙古へ行つてジンギスカンになる、なんて空想をほしいままにしたのだ。西郷隆盛が城山から逃れ南海へと去つた、城山で切腹したのはあれは影武者、といふのも、まつたく同じ構図。

などといふことをわたしはいつぞや山崎正和さんに披露し、賛同を得たことがありました。彼はこれに付加へて、影武者が大流行だつたとされる戦国から江戸初期にかけての時代は、出雲のお国の出現でもわかるやうにもともと演劇的な時代であつて、変装とか仮装とか身代りとか一人二役とかいふ作劇術的操作に向いてゐたのだと、いかにも劇作家らしい説を立てた。なるほどなあ。

そのときも話に出たのですが、隆慶一郎さんの『影武者徳川家康』はじつにおもしろい本です。しかしこの本について語るとなると、村上素一郎の『史疑』のことからはじめなくちやならない。ちよつと紹介しますか。

『史疑』は一九〇二年（明治三十五年）民友社刊の本で、初刷五〇〇部。発売と同時にたちまち売切れて、しかも増刷されなかつた。徳川家ゆかりの人々が買ひ占めたといふもつぱらの噂でしたが、おそらく民友社の社長、徳富蘇峰に働きかけたのでせうな。

その内容はかうです。

新田義貞の子孫である江田松本坊といふ流浪の僧が駿府に来て、源応尼といふ巫子（歳暮には節季候《せきぞろ》といふ祝事をして銭を乞ふ下層藝人で、普段はザル、味噌コシなどを売り歩く）の娘、於大と関係した。この男女の子として徳川家康が生れた。そして家康は小さいうちに銭五貫で、駿府八幡小路の願人坊主（門付けとか、人に代つて水垢離《みづごり》とかをする乞食坊主）に売られた。「彼は今川家の人質といふやうな身分のある武士の子ではなく、牢内の雑役をする、非人に近い身分の出身だつた」といふのが『史疑』の主張なのです。

この奇説といふか、怪論といふかを成立させるために、村上素一郎はいろいろな傍證（？）を並べる。

たとへば一八八七年（明治二十年）、家康公関東入部三百年祭がおこなはれたとき、東京毎日新聞は、勝伯爵家に伝はる肖像の模写を付録にして配付した。これが、見るからに貴人の相でない。噂によれば武州館林善道寺の藏する家康公の像（そんなもの、ほんとにあるの？）もまた、面貌すこぶる卑しいとやら。さらにまた、『永夜茗話』といふ本は家康について、

「御せい、ちいさく、御ふとり被成、無口なり、見苦しき男振なり」

と書いた。これを見てもどうもあやしいぞ、などと述べるのである。

この『史疑』に触発されて隆慶一郎さんは『影武者徳川家康』を書いたのですが、しかし彼は、村上説に全面的に従つたのではなかつた。部分的に採用した。

銭五貫で願人坊主に売られたといふのは、家康が最晩年、お気に入りの家臣たちとくつろいで夜話にふけつてゐるとき、ひよいと口にしたことなのですが、これを隆さんは、本物の家康ではなくて、影武者の家康が、何しろ年寄りですからついうつかり自分の過去を語つた、と見るのですね。いい着眼である。そしてこの影武者は、関ケ原の合戦のとき、乱戦のなかで本物の家康が殺されたため、やむを得ず指揮をとらされたのがそのまま本物にさせられてしまつた、といふ設定で『影武者徳川家康』ははじまるのです。

おもしろいのは、影武者が悩むのは、家臣たちの眼はごまかせるが愛妾たちをどう欺くか、いや、とても欺けないといふことだつた。閨中のこととなると、これまでの流儀との違ひが明らかになつて、たちまちばれてしまふ。しかし家康ほどの女好きが、勝ち戦のあとで女色を慎しむとはとても考へられない。いや、第一、彼女らの眼光は鋭いから、最初に対面したときすぐに看破されてしまふのぢやないか。思ひ悩んだあげく影武者は、一人ひとり別々に、勝利を賀する挨拶を受けることにして、そして、いきなり事に及ぶ。向うはすぐに、この人物は家康ではないと気がつき……何も言はない。今後はこの人物が家康なのだ、かつての家康はもうゐないのだ、と一瞬にして判断するのですね。

このへんの呼吸、なかなかうまく書いてありました。

そしてわたしが一番感心したのは、本物の家康が子供嫌ひなたちなのに対して影武者は子供好きで、そのため彼が側室たちの人気を博する、といふ箇所だつた。人情の機微をうがつ、いい挿話を思ひついたものですね。小説家の腕の見せどころである。

ここまでは前にも言つた山崎さんとの対談と重なつてゐて、いささか恐縮するのですが、まあ仕方がなかつた。お許し下さい。ところが、『影武者徳川家康』の読後、わたしは池波正太郎さんの『雲霧仁左衛門』を読み、影武者の使ひ方のうまさに舌を巻いたのですね。時代小説の作家は藝達者が揃つてゐるなあ。

これは一九七四年（昭和四十九年）の作で、『影武者徳川家康』よりも十五年前に書かれた。そして『鬼平犯科帳』開始より五、六年後のものですが、こちらは長谷川平蔵よりおよそ半世紀前の盗賊改方、安部式部の時代をあつかふ。このころ雲霧仁左衛門といふ大盗賊がゐて、配下の盗賊たちがまたすごい。なかんづく彼の愛妾、七化けのお千代の色じかけの働きのすばらしさ。彼らを捕へようとして安部式部とその部下たちが策をめぐらす。その両グループの卍巴の争ひを盗賊側を中心にして描いたものである。

仁左衛門は、最後に一つ大仕事をやつてのけて悠々と余生を送り、子分たちをも安楽に暮させたいと目論むのだが、周到な大計画が妙なところから崩れてゆき、やむなく計画を縮小し……このへんで読者は、やんぬるかな、これはしくじるぞと覚悟をきめる。

それはまあいいのだが、困つたことに、本には厚さがある。残りのページを見ると、もうあまりない。今まではじつにおもしろく読んできたのだが、これだけの僅かなページ数で、きれいに収束することができるかしら。ただ大盗賊がつかまつたり、逃げ去つたり、壮烈な死に方を見せたりするだけでは物語の終り方に花がない。池波さんは結末をどうつけるのかと、わたしは心配でたまらなかつた。

ところが、あざやかな手並なんですね。

豪商越後屋に雲霧一味が押し込むはずのその夜、越後屋に近い新堀川の、荷舟の上にあつた首領仁左衛門は、呼子の音を耳にしたとたん、新堀川をさかのぼつて逃れた。子分たちは盗賊改方に捕縛された者が多い。

このころ七化けお千代は仁左衛門のつけた付添の者と共に、馬上にあつて東海道を上つてゆく。

それからしばらくして川崎宿を、江戸から来た騎乗の、立派な体格の武士（顔は塗笠に隠れて見えない）が通つて行つた。

彼らは、川崎から程ケ谷へと至る四里の道中で忽然として消えた。

一方、雲霧一味の盗賊宿〔みよし屋〕を包囲してゐた盗賊改方の二人が、なかにゐる因果小僧六助と藏之助老人（これまでときどき姿を見せては雲霧仁左衛門と談笑してゐた謎の人物）に声をかけると、老人はまづ因果小僧を一撃のもとにあやめ、心の臓から脇差を抜いて鞘にをさめ、次いで、押し入つて来た盗賊改方の前に脇差をはふつてから、ゆつくりと土間に坐つて、

「御手数をおかけ申した。それがし雲霧仁左衛門でござる」

と重々しく言つて頭を垂れる。

そして役宅に連行された藏之助老人は、自分はもと藤堂家に仕へた辻藏之助で、京都藩邸の会計に不審があつたとき、濡衣を着せられ、明日切腹といふ前夜、十九歳年下の弟伊織が藩邸へ潜入して火をかけ、混乱に乗じて救ひ出してくれた、それ以後兄弟は盗賊とな

つて世を騒がせたが、弟は五年前に病死した、といふ一部始終を語る。なるほど、さういふわけならば影武者が犠牲になるのも筋が通つて、納得がゆき、爽やかな後味になる。

まことに余韻縹渺《ひょうびょう》たる幕切れで、影武者説話をじつに巧みに応用した、あるいは転用した、その才覚にうつとりする。未読の方はぜひ御一読あれ。

ところで、前に、新しくはヒギンズ、古くは『ゼンダ城の虜』をあげて、西洋ものにも影武者が出て来ることを言ひましたが、最近、斬新な趣向でこれを用ゐたフランス小説に出会つた。シモン・レイスの『ナポレオンの死』(堀茂樹訳・東京創元社)である。これがまた、絶対のおすすめ本なんです。じつによく出来てゐる。

訳者の解説によるとシモン・レイスといふのはペンネームで、本名はピエール・リクマンスといふベルギー人。古代中国の文学と美術が専門の学者で、ガリマール版『論語』の訳と注釈によつて名高い。さらに文化大革命のときには『毛沢東主席の新しい服』をあらはしてその実体をあばいたことで知られる。

ところで『ナポレオンの死』ですが、これはナポレオンがセント＝ヘレナ島にあつたとき、皇帝に非常によく似た顔立ちの伍長が、夜陰に乗じてセント＝ヘレナ島の砂浜に上陸し、入れ違ひにナポレオンがポルトガルのアザラシ狩り漁船に乗り込んだといふ所からはじまる。その巧妙な作戦が未明に実行されたあとの一日はまつたく平凡だつた。ナポレオンは普段と同じ時刻に起き、いつものカフェ・オ・レを飲み、いつもと同じやうに散歩した。謀略を成功させた何人かの忠実な部下以外は、誰一人、これが影武者であることを知らない。そして本物のナポレオンは二、三週後にはトリスタンダクーニャ島といふ大海鴉と貧しい原住民しか住んでゐない島に着く。それからナポレオンは海老とりの漁船に乗り、やがてフランスへ。

パリ。かねて教へられてゐた、熱烈なナポレオン崇拝者である曹長の家を訪れると、彼はもう死んでゐて、未亡人が貧苦に悩んでゐた。亡夫の同志たちと共にプロヴァンス産の西瓜とメロンの直送品を売つてゐるのだが、商売がうまくゆかないのだ。

そこへ商売仲間(亡夫の同志である連中)が興奮して現れ、新聞を取出して、皇帝陛下の死を告げる。影武者がセント＝ヘレナで死んだのである。ナポレオンは今後、死後の人生を生きなければならない。この事件の衝撃性あるいは皮肉な味は相当なもので、何か世界が引つくり返るやうな趣がある。訳者は『ナポレオンの死』をヴォルテールやアナトール・フランスなどの哲学的コントの系譜に属させてゐるが、かういふ箇所を読むときれいに納得がゆく感じである。(ついでに言つて置くが、芥川龍之介の作品はこの哲学的コントといふ概念を用ゐるとわかりやすくなるやうだ。事実、彼はアナトール・フランスの弟

子とも称すべき作家であつた。）そしてナポレオンが、自分の替玉役の男の運命については特に感慨をもよほすことなどなく、いや、それよりもむしろ、この上なく重要な使命を帯びてゐるのにうかうかと死んでしまふといふ怠慢を犯したこの者に対して憤懣《ふんまん》やる方ない思ひであつた、といふくだりは、この偉人をじつによく描写してゐた。気韻生動とでも評すべきか。

　ナポレオンはこの家に厄介になるうちに、西瓜とメロンの販売を指導……いや、指揮するやうになる。

　彼はパリの地図をテーブルの上にひろげて、地図をしばらく注視したあと、両手を後ろ手に組み、数分間部屋のなかを縦横に歩きまはつてから、やがてつひに、足元に転がつてゐた南瓜を勢ひよく蹴とばすと、テーブルに直進して、一気に戦術の概略を述べる。

①天候

②戦場

③人的要因

彼の作戦は図に当り、メロンと西瓜の売上げは急上昇する。

これは文学用語で言ふと「擬英雄詩」(mock heroic poetry)といふやつですね。ホメロスなどの悲壮雄大な古代叙事詩のパロディとして、卑近矮小な題材を叙事詩の調子で語り、滑稽を狙ふのが擬英雄詩なのですが、まさしくそれで行つてゐて、見事な成功を収めてゐる。この学者は小説家としても大変な腕達者だなあと思ひました。それにくらべれば曹長未亡人との色事にはあまり熱がこもつてないね。残念である。

しかし『ナポレオンの死』の紹介はこのへんで切上げませう。わたしが問題にしたいのはこれからさきのことで、それは、この作家はいつたい何に促されてこの特異な小説を書いたのかといふことである。

私見によれば、これは毛沢東に触発されたものですね。一九六九年、毛沢東は揚子江を泳いで渡り、このニュースは世界中に喧伝された。孔子批判の政治家がやつたこの「壮挙」を『論語』の翻訳者である中国学者はどう見るだらうか。まづ、馬鹿げたことをする奴だと軽蔑し、次の瞬間、替玉が泳いだにちがひない、と断定するだらう。まづ、そのときの推測といふか、独断といふか、邪推といふかが彼の心の底深くにわだかまつてゐた。

一九八〇年、わが黒澤明の『影武者』がカンヌ国際映画祭グランプリを得た。これを中国学の権威は見たはずだし、そして見終つてしばらくすると、毛沢東の影武者のことを心の奥深くから取出して検討し、これで一つ小説を書かうと思ひ立つたのではないか。しかしどうもその話はおもしろい筋にならず、あれこれと考へ直してゐるうちに、ナポレオンの影武者の話を思ひついた。さうだ、ナポレオンでゆかう。そこで一九八六年、『ナポレオンの死』が刊行されることになつたのだとわたしは無責任に、まつたく無責任に、想像するのである。つまりこの小説の執筆の動機には、孔子の遥か末世の弟子がいだいてゐる権力への反撥の思ひがある。

批評家クロード・ロアは『ナポレオンの死』について、「さまざまな可能性を探る想像力の戯れという外見の下に、歴史と偉人たちについての深遠でかつ滑稽味のある思索が秘められている」と評したさうである。なるほど、その通りだらう。しかしわが人形浄瑠璃の作者たち、時代小説の作者たちだつて、歴史と偉人たちについて、本物が影武者になり、影武者が本物になつたつて、さう大した違ひがあるものかと考へる程度の「深遠でかつ滑稽味のある思索」なら、心のどこかに秘めてゐるやうな気がする。

カレームの藝術論

しかし藪から棒にカレームなんて名前（今ふうに言へば固有名）を持出されても困るでせう。実を言ふとわたしだつてさう懇意な仲ぢやない。むしろあまりつきあひのない部類に属する。彼にくらべれば、同じ西洋人でも、たとへばシャーロック・ホームズとか、エジソンとか、ナポレオンとか、ワシントンとか、ロビンソン・クルーソーとか、Kとか、マッチ売りの少女とか、マリリン・モンローとか、キング・コングとか（あ、キング・コングは人ぢやないか）、まあさういふ人たちのほうがずつと馴染みが深い。カレームなんて日ごろ御無沙汰ばかりしてゐる人物である。

手続きとして百科事典を引きますと、

カレーム、マリー・アントアーヌ（Carême, Marie=Antoine）（1784–1833）はフランスの有名な料理人で美食学者。タレーラン、ロシア皇帝アレクサンドル一世、ジョージ四世およびロスチャイルド男爵のシェフであった。料理法についての著作のなかには『フランス料理術』（五巻 1833–34）がある。

といふことになる。

しかしこれだけぢやあ、もの足りない。いくら何でも。もうすこし何か知りたいでせう。そこで『デュマの大料理事典』（辻静雄、林田遼右、坂東三郎編訳・岩波書店）、レイモン・オリヴェ『フランス食卓史』（角田鞠訳・人文書院）、ジャン＝フランソワ・ルヴェル『美食の文化史』（福永淑子、鈴木晶訳・筑摩書房）などを参考にして、紹介します。近頃はこの手のおもしろい本がいろいろ出てゐて、とても助かる。

カレームは一七八四年六月七日、パリの生れ。兄弟姉妹が十五人ゐるなかの一人とも、二十五人のなかの一人とも言はれる。とにかく貧乏人の子だくさんといふ生れ方、育ち方。ある日の夕方、父親は十一歳になつたカレームをパリ市門外の酒場に連れてゆき、腹いっぱい食べさせて、勘定をすませると、道の真中に子供を立たせ、かう言つた。

「行きな、チビ、世の中へ出てうまくやってくんだ。おれたちがこのままみじめな暮らしを続けていこうと構うこたあねえ。金のねえままくたばっちまうのが、おれたちの定めだ。だがな、このご時世だ、チビ、お前みてえに小才がききゃあ、ひと身代築けるってもんよ。行きな、チビ、明日といわず、今夜にでも、心の温けえお人の店に出会うだろうよ。おれはなんにもしてやれなかったが、お天道さまはついてまわらあな」

こうして放り出されたマリ＝アントワヌは、その時を限りに、父親とも母親とも会っていない。この二人は若くして死んでいる。また弟や妹などとも会っていない。みなちりぢりになってしまったのである。

そうこうするうち、夜になった。

子供はあかあかと灯がともっている窓を見つけて、ノックした。いまに名前も伝わっていないような安食堂の仕事場だった。中に入れてもらえて、翌日から奉公が始まった。

これはデュマの語り口。さすがにうまい。

レイモン・オリヴェによると、建具屋、鍵屋、仕立屋などを転々としたあげく、十六歳

ではじめて安酒場で料理の下働きをした、のださうだが、これではやはりおもしろくない。捨てられた子供がその夜、たつた一軒あかあかと灯がともつてゐる窓を叩いて……するとそこが安食堂だつた、といふのがいいね。

デュマ版でゆくと、食べ物屋から食べ物屋へ真直につづいて、とんとんと話が運ぶ。オリヴェ版では途中に邪魔がはいる。これぢやあ気が抜ける。真実はオリヴェのほうにあるのかもしれませんが、しかしここはそんなもの大事にしてる場合ぢやないやうな気がします。

さてカレームは十六歳になるとこの店を出て、本格的な料理屋で修業する。たちまち腕をあげてバイイといふ評判のいい菓子職人の店に就職できた。この店はタレーラン家の御用を勤めてゐた。ここからタレーランの料理人としてのカレームが生れ、そして、ヨーロッパの貴顕のための料理人としての彼の経歴がはじまる。ルヴェルに言はせると、後にも先にも彼ほど栄光に輝いた料理人はゐない、とのことで、彼は登場したときから天才と言はれつづけたのださうである。

王侯貴族は彼を雇ひたがつたが、何しろ気むづかしい人物なので召しかかへることが困難だつた。彼にとつてこの職業は職業以上のものだつたからだ。

カレームはいつも多額の金を積まれ、すばらしい地位の申し出を受けたが、雇ひたいといふ申し出も、残つてほしいといふ要望も、たいてい断つた。給料が低いといふ理由によるものではなく、仕事場の雰囲気とか、部下となる料理人がよく教育されてないとか、食べるほうの人（主人および客）が味のわかる人でないとかいふ判断によるものだつた。仕事場の雰囲気といふ問題のなかには、ロシア皇帝アレクサンドルの要請を容れてペテルブルクに行つたものの、すぐに帰つてしまつた件もあげていいかもしれない。何しろロシアでは汚職や費ひ込みが伝統になつてゐるため、皇帝のシェフの身分は、金銭面に関して屈辱的な監視を受けるもので、カレームには我慢ができなかつたのである。カレームは料理店の全盛期がはじまる時代の最高の料理人だつたのに、個人の家でしか仕事をしなかつた。つまり、このほうが、味がわかる人のため料理をつくれると思つたものらしい。

料理人としては、これはたしかに大問題でせうね。いつだつたか、吉兆の湯木貞一さんがわたしに、

「まあ、お客様のなかで味のおわかりになる方は、十人様のうち七人様でせうね」

と語つたことがあるけれど、七割といふのはずいぶん儀礼的な表現で、心のなかで思つてゐた比率はもつと低いのではないか。

カレームが最もいい気分で仕事をしたのは、ロスチャイルド男爵夫妻のブーローニュ城で、晩年の彼はここで長い歳月、腕を振るつた。ブーローニュ城にはロッシーニもよく訪れたといふ。

アイルランドの女の作家シドニー・オウエンスン・モーガンなる者があつて、この人の夫、外科医トマス・チャールズ・モーガンは爵位を持つため、彼女はレイディ・モーガンと呼ばれるのだが、この閨秀の書いた本に、カレームの料理の趣向のすばらしさがたたへてある。たとへば、

「このように素晴らしい見事な正餐を整える方が、芝居を作るよりずっと才能を要するであろう。俳優と同様に料理人にも栄誉の冠を授ける習慣があったら、カレームの月桂冠はオペラ歌手のパスタやソンタグの冠と同じ位価値あるものに見えるだろう。彼の正餐は、現代の芸術の一つの完成品である。私は、その価値を十分に味わった。」

これはルヴェル『美食の文化史』からの孫引き。

そして同じくルヴェルは、このディナーの終りにカレームが庭に出て来てコーヒーを飲んだとき、レイディ・モーガンが彼と会話を交して、その上品な物腰と高い教養に深い感銘を受けたことを記し、捨子にされたあのときはおそらく文盲であつたはずの男の子がここまで変貌し成長すると驚いてゐる。カレームは多作な著者で、しかもその文体によつて、ゴースト・ライターを使つてゐないことが明らかなのださうである。

わたしはこの方面に詳しくないから、間違つてゐるかもしれないが、料理の歴史のなかで最も有名な料理人といへば、まづ十四世紀のタイユヴァン（ギヨーム・ティレル、通称タイユヴァン）、次は大きく跳んで十九世紀のカレームといふことになるのぢやなからうか。とにかく彼は十九世紀最高の料理人であつて、従つて自動的に、彼を育てたタレーランは十九世紀最高の食通といふ名誉を持つかもしれない。

なほ、タレーラン家に招かれたナポレオンは、調理場のカレームにねぎらひの言葉をかけたといふ伝説があるが、レイモン・オリヴェはこれはあやしいと言ふ。ナポレオンはおよそものの味がわからない男だつたのださうである。そのことは、ナポレオンが、カレームの師匠格であるラ・ギピエールを雇つてゐたあとで、スイス人の料理人を雇つたことでもわかる、といふのがオリヴェの論法なのだが、はて、スイス人は味がわからないといふ

評判がヨーロッパでは確立してゐるのかな？

しかし、それはともかく、味に鈍感なナポレオンと舌の肥えたタレーランといふのはいい取合せですね。いかにもナポレオンらしいし、いかにもタレーランらしい。見事な双幅になつてゐる。

ところで題につけたカレームの藝術論ですが、これは、

藝術の数は五つ、絵画、彫刻、詩、音楽、建築であるが、建築の主要な部門として菓子づくりがある。

といふ台詞《せりふ》のことです。わたしはこれがすばらしい名文句だなあと思つて、おもしろ

くてたまらないのですね。

いや、これにはすこし説明が要るか。

説明を加へませう。

第一にカレームは料理のほかに建築も好きだつた。

彼の設計で建てた建物があるかどうかは知りません。『建築選集』といふ本を書いたといふから、これは自作の建築物を集めた可能性がある。図面や絵だけかもしれないけれど。『建築設計』といふ本もあつて、これはペテルブルクのための設計の本。アレクサンドル皇帝に献げてあつて、皇帝は感謝のしるしにダイヤモンドをちりばめたすばらしい指環を贈つたさうです。でも、短期間しかゐなかつたわけだから、建物は実際には出来なかつたのぢやないか。

しかし建築好きな料理人にはその趣味を満足させる方法がありますね。言ふまでもなくお菓子の城とか塔とかを造ることで、これなら毎日、いくらでも造れる。そのへんのことを言つた冗談が、藝術には五種類あつてその一つの主なものが菓子づくり、といふ台詞なのでせう。この菓子づくり（パティスリー）のなかには最初に出すパテ料理とそれからもちろんデザートで出す菓子がある。もちろんこの冗談の背後には、自分の天職である料理や菓子づくりを絵画、彫刻その他と同格に置きたくてたまらぬ切ない気持が仄見えるけれど。

ところでわたしがカレームの名前を思ひ出したのには理由がある。リオネル・ポアラーヌといふパン屋の主人のインタビューをイギリスの新聞で読んだせいなのだ。

彼はカトリーヌ・ドヌーヴ、ロバート・デ・ニーロ、ローレン・バコールといつたスターたちを顧客に持つパン職人です。フランク・シナトラは世界中どこにゐてもポアラーヌのパンしか食べなかつた由。

このパン屋はパリのサン・ジェルマンに家族といつしよに住んでゐるんですが、最近ロンドンにも店を開いた。それでインタビューとなつたわけですね。

その記事のなかで彼は、三十年前、画家のサルバドル・ダリに頼まれてパンで油絵の額縁を作つた、といふ話をしてゐました。額縁の次には椅子を数脚とベッドを一つ作つた。それからパンで鳥籠をこしらへ、なかに小鳥を入れてダリに進呈した。さうしたら小鳥は鳥籠をかじつて逃げてしまつた。

「すばらしい結末でしたね」

とパン屋の主人は語るのでした。

それを読んだとたん、わたしの頭のなかで、カレームの台詞がひらめいたのです。

小鳥の住居である鳥籠を作るといふのは、まあ一種の建築でせう。さう見立てて一向かまはない。そして、パンで出来た鳥籠をかじつて小鳥が逃げ去るといふのは、まるで詩ではありませんか。

このパン職人は建築と詩、つまりカレームの藝術論における二つの分野で、えい、かうなつたら景気よく褒めてしまへ、傑作をものしたのです。

朝日伝説

『挨拶はむづかしい』を十何年か前に、そして今年（二〇〇一）は『挨拶はたいへんだ』と、スピーチの原稿を集めた本を二冊も出した。そのなかには長いものもあるが、概して短い。五行で終りなんてやつもある。

「わたしの話の取柄は短いことと声が大きいこと」

と自慢する。

とにかくスピーチの長いのは迷惑ですね。みんなが立つて聞いてゐるのに、長く長くつづけて倦むことを知らない人がゐる。偉い人にも、偉くない人にも。

でも、挨拶のなかにはうんと長くてもおもしろいものがたまにはある。たとへば経済学の伊東光晴さん。伊東さんは今の日本の代表的経済学者ですが、この先生の講義は漫談、

雑学、ゴシップがいつぱいまじつてゐて、しかも経済学そのものも充実してゐるといふ定評が確立してゐる。この伊東さんの何かのお祝ひの会のとき、出席者たちからの葉書に、「先生のお話の時間をたつぷり取つて下さい」といふ要望が多数あつた。みんな聞きたいのだ。そこで幹事は四十分をこれに当てた。そして伊東さんは五十分しやべつたといふ噂であつた。出席した某編集者によると、じつに楽しく、中身があつて、あつといふ間の一時間弱だつたといふ。すると六十分しやべつたのか。

このあひだ別のジャーナリストが、

「伊東さんのお弟子さんは口数のすくない人が多いですね」

とわたしに言つた。なるほど。わたしは伊東門下は数人しか知らないが、さう言へばさうだ。明らかにその傾向があるね。そこでかう答へました。

「一体によくしやべる先生の弟子は無口になるね。中野好夫先生の弟子に青木雄造といふ人がゐて、この人なんか『沈黙は金』の権化みたいな人で、講義のときどうするのか心配だつた。でも、弟子がよくしやべれば、その分だけ確実に先生のしやべる時間がへるからなあ」

えーと、長い挨拶でもおもしろいものはおもしろいといふ話でしたね。その典型的なのが、扇谷正造さんが朝日の学藝部長になつたとき、学藝部記者全員（椅子にかけてゐる）

を前にしての就任の辞だつたといふ。すごかつたさうです。

しかし、扇谷さんと言つたつて、もう知らない人が多いかもしれない。人物紹介からはじめなくちや。

戦後の編集者の大物はいつぱいゐる。たとへば「文藝春秋」の池島信平、「暮しの手帖」の花森安治、「ミセス」の今井田勲。ほかにも何人かゐるでせう。しかしかういふ人たちは、それは偉いし、すごいけれど、要するに大雑誌を一つ作つたのである。ところが扇谷さんは週刊誌時代をはじめた。彼が「週刊朝日」を立て直し、さらに大成功させたせいで、日本のジャーナリズム全体が週刊誌に乗出し、日本人の生活が週単位になつた。だから扇谷さんのほうが上だと言ふのではないが、彼の成功は他の大編集長とは別口のタイプだつた。

扇谷さんが「週刊朝日」の副編集長になつたのは昭和二十二年（一九四七）、このときの「週刊朝日」の部数は一〇万部だつた。四年後、編集長になると、先輩や友人のアイディアを上手に取入れて、もちろん自分も工夫に工夫を重ね、ぐんぐん部数をふやして行つた。昭和三十三年（一九五八）には一二五万部！

この形勢を見て昭和三十一年（一九五六）に「週刊新潮」が創刊され、大いに当つた。昭和三十四年（一九五九）には「週刊文春」も「週刊現代」も出た。かういふのはうまく行つたほうですが、中央公論社の「週刊コウロン」とか、東京新聞社の「週刊東京」とか、総評（！）の「新週刊」とか、失敗組もある。

後年の「フォーカス」創刊の刺戟による写真週刊誌ばやりもにぎやかだつたけれど、しかしあれとは比較にならないくらゐ、「週刊朝日」の急成長がもたらしたものは大きかつた。それは一編集長のエネルギーが文化の色調を一変させた、とも言へるくらゐだつた。わたしがわりに責任を持つて言へる領域で見れば、たとへばこの雑誌の「週刊図書館」から戦後の書評文化ははじまつたのだ。このへん、扇谷さんの編集感覚は冴えてゐる。ちなみに、日本を代表する雑誌は長いあひだ「文藝春秋」と「週刊朝日」の二誌であつたが（そして今は後者はさうは言ひにくくなつたが）、「文藝春秋」が書評を載せるやうになつたのは昭和五十二年（一九七七）十一月号の『鼎談書評』からである（このときの編集長は半藤一利さん）。雑誌における書評の重要性を認識することにかけては、あの偉大な池島信平といへども扇谷正造に遠く及ばなかつた。

さて、扇谷さんは昭和三十五年（一九六〇）八月、学藝部長になつた。出版局の雑誌編集長から編集局の部長へ。これはかなり珍しい、破格の人事だらう。もちろん「週刊朝日」の大躍進が朝日上層部を瞠目させた結果である。

前にも言つた通り、このときの新学藝部長挨拶がすごかつた。数十人の学藝部記者が、

期待と好奇心にみちて、待ち構へる。そこへ扇谷さんがふらりと現れて、就任の辞はほんの一言か二言、型通りのことを言つてから、雑学が大事だといふ話をはじめた。一般に新聞記者はさうだが、とりわけ学藝部記者は雑学が大切だ、広く浅く、しかも一見無用な変な知識の持合せがないと勤まらない、さういふ特殊な稼業だといふのである。

最初に鮨の話をしたといふことはわかつてゐる。

鮨屋のあの白木のカウンター、あれを何と言ふか。知らない人が多いけれど、ツケ台といふのだ、といふ話からはじまつた。以下、あの食べものにちなむ雑学づくし。それが具体的にどういふものであつたかは詳しく伝はつてゐないが、多分こんなものだつたらうとわたしの推測で補ふ。補ふに当つては諸書を参照する。

コハダの握りが鮨の代表のやうになつて、通はまづコハダからはじめるなんてよく言はれるが、コハダの格が高くなつたのは水野越前守のせいだつた。江戸の人は水越《すいえつ》なんて言つたね。あれは反感、憎しみによる呼び方です。何しろ天保の改革がひどかつたから。あれで倹約が奨励され、奢侈《しゃし》が禁じられた。そのせいで、当時、贅沢鮨の代表と目されてゐた二軒、松の鮨の主人と与兵衛の主人がつかまつて、手錠をかけられた。君たちは文学関係の弾圧、為永春水や柳亭種彦が手錠をかけられたことしか知らないだらうが、鮨屋の親父もやられたんだよ。それで、贅沢鮨が御法度《ごはっと》ならどうしようと思案したあげく、安い夕ネなら怒られないだらうと見当をつけて、コハダの鮨とイナリ鮨を発明したやつがゐた。これが評判を取り、流行した。それでこのとき以来、コハダが握りの代表みたいなことになつたのさ。

もつとも、コハダ売りが恰好《かっこ》いいつてこともあつたらしい。手拭ひを吉原かぶりにして、尻端折《ばしょり》、黒八丈襟付の半纏《はんてん》、股引、白足袋、麻裏草履、白木の長手の鮨箱を五つか六つ重ねて肩にかつぎ、「鮨や、すうし、コハダのすうし」といい声で触れて歩いた。「坊主だまして還俗《げんぞく》させて、コハダの鮨でも売らせたい」といふ小唄がある。鮨売りも坊さんも身ぎれいだから、こんな文句が出来たんだと言はれるけれど、まあそれもあるかもしれないが、やはり坊主は美声の持主が多いから、それでこんな唄が歌はれたんぢやないかな。

穴子はお台場のへん、鮫洲、浜川、房州木更津あたりが上物だ。これを捕るのは、蛸壺《たこつぼ》と同じ原理でね、竹筒を海のなかに沈めて置いて、そのなかに穴子がはいつてゐるのを引上げたのが、胴がふつくらしてゐて味がいい。これを「筒あなご」といふんだ。

さうさう、穴子にタレを塗るね。あれは本式には、穴子を旨煮した汁に味醂を加へて煮つめたのを使ふ。ゲバツメと言つて、醤油に砂糖と葛を入れてドロドロさせたやつを塗るのはいけないんだ。

こんな調子で新学藝部長は鮨の話をつづけてから、一転して、西部劇の話に移つた。その最初はワイアット・アープ。このことも確実にわかつてゐる。しかし保安官ワイアット・アープについてどういふことをしやべつたかまでは伝はつてゐない。そこでこれも（そして以下、西部についてのあれこれを）わたしが適当に補ひませう。もちろん手持ちの本を参考にして。

ＯＫ牧場の決闘の保安官ワイアット・アープと酔つぱらひのギャンブラー、ドク・ホリデイがゐたのはアリゾナ州トゥームストーンといふ町。ドクは食通だつたが、彼がよく行つたオクシデンタル・サルーンといふ料理屋の献立が残つてゐる。スープと魚料理（鮭のバター焼き）のあとで「ラムの腿肉、牡蠣のソース」が出た。そしてこの牡蠣といふのは、当時、カウボーイがサルーンへゆくと、まづ牡蠣とセロリを注文するのがしやれてゐた。

トゥームストーンの町にはバードケージといふヴァラエティ・サルーンがあつて、ベリー・ダンスやフレンチ・カンカンを見せた。フレンチ・カンカンの踊り子が寝てしまふと、男が女装して踊つた。男とわかつたといふので（わかるに決つてる）お客が憤慨して、マネージャーを投げ縄で舞台から引きずりおろしたことがあつた。じつにまあ、ユーモアを解さない町だつたのだね。

西部の無法者には、ＯＫ牧場の決闘のマクローリー兄弟もさうだけれど、兄弟が多い。あれがグループを作るのに一番好都合だつたのか。ドルトン兄弟といふ四人兄弟がゐて、これは四人みな保安官を勤めたことがある。本邦における二足のわらぢのやうなものか。

西部のサルーンでは、オウナーもバーテンダーも、カイゼル髭を立てることになつてゐた。脂で固めた、自転車のサドルみたいな髭で、ひどいのになると左右がそれぞれ十五センチもあつたんだつて。荒くれ男たちに向つて男らしさを誇示するには、これしかなかつたわけか。

この手の西部談義が一しきりつづくと、次は江戸時代の儒者、俳諧師のゴシップ。その次は時代劇映画の話。その次は印象派の絵。

なんて調子で語りつづけること四十分。おもしろく、楽しく、上手に聞かせたあげく、扇谷さんは、

「さて、このへんでやめて置くか。とにかく新聞記者は雑学が大事。せいぜい勉強してくれ」

と言つて終りにした。

そのとき、一人の記者が立ちあがつて言つた。

「部長」

これが百目鬼《どうめき》恭三郎記者。

彼はわたしの、旧制高校以来の友達でした。才筆をもつて鳴る名物記者で、大変な読書人。彼が朝日に連載し、やがて新潮社から刊行した現代日本作家論を読んで、あの多読、精読、味読の批評家平野謙さんが、「じつによく読んでゐる」とわたしに語つたことが忘れられない。「風」といふ匿名で歯に衣きせぬ書評を「週刊文春」に書いたため「風の恭三郎」なんて恐れられたけれど、ずつと前に亡くなつた。惜しいことをした。いま百目鬼ありせば、日本文化はもつとずつと生き生きしてゐたのになあと思ふ。かうして名前を書いただけで何か切なくなる。しかし、今はそんな思ひにひたつてはゐられない。原稿をつづけなくちやあ。

親しい友達だから呼び捨てでゆきますよ。百目鬼に声をかけられた扇谷さんは、

「おう、何だね」

と答へた。すると百目鬼は、

「部長のお話のなかには五つ、間違ひがあります」

「ほう、さうかね」

憮然たる表情の扇谷さんに向つて、百目鬼は一つ一つ順を追つて、いちいち丁寧に反證をあげて誤りを指摘した。

と言つても、わたしがさつき、扇谷さんの話として書いた部分は大丈夫ですよ。みんな然るべき本に当つてゐる。本山荻舟『飲食事典』とか、木下謙次郎『美味求真』とか、フレッド・L・ワース『スーパートリビア事典』とか、リチャード・アードーズ『大いなる酒場』とか、その他いろいろ。あれは、たとへばかういふ程度の、覚えてゐるからと言つて何の自慢にもならない雑知識の例としてあげたのです。ですから、わたしが書いた以外の、そのとき扇谷さんが思ひつくまま心に浮ぶままに語つた話の誤りを百目鬼が正した、と取つて下さい。いや、待てよ、ひよつとするとぼくの受売りだつて間違ひがあるかな？

百目鬼の訂正が終る。

「ふむ、なるほどね」

と学藝部長が浮かぬ顔で言つた。

そのとき、もう一人の記者が声をかけた。

「部長」

扇谷さんがそつちを向くと、森本哲郎記者が立ちあがつて、

「百目鬼君が言ひ残した誤りがもう五つあります」

森本さんは紹介するまでもない人。朝日退社後、東京女子大教授、評論家。大旅行家で、すごい健筆の人で十数巻もの著作集があるはず。大野晋さんと彼との日本文法論（ハとガについて）の対談はじつにいいものだつたし、彼の、蕪村についての本にはただただ圧倒された。

その森本さんが、五つの間違ひを完膚なきまでに、しかしじつに礼儀正しく説明した。

　で、彼の話が終つたとき、扇谷さんは、

「さうか」

　とつぶやいてから言つたといふ。

「君たちはずいぶん下らないことを知つてるね」

　この話はわたしは大好きで、今まで何度も酒席で披露した。もちろん書くのははじめて。しかしわたしがもつと好きなのは、この話のこれからさきである。

　扇谷さんはこの二人の記者の学識と才能と人物を非常に高く評価し、彼らを重用した。昭和三十九年（一九六四）に学藝部長をやめるまで、この二人を手ばなさなかつた。扇谷部長の時代の朝日学藝部は、じつに潑剌としてゐたし、元気がよかつたし、知的だつたが、それにはこの二人の平記者の働きが大きかつた。いや、この二人を存分に活躍させた扇谷さんの包容力がすばらしかつたと言ふべきか。それにもともと、「週刊朝日」でのあの大成功だつて扇谷さんの人づかひの才によるものだつたのだ。

　まあ、本当のことを言へば、下に二人、あれだけ有能な、しかも型の違ふ才人がゐれば、部長は楽なものだよね。森本、百目鬼の二人は副編集長ではなかつたけれど、雑誌の編集長にとつて大切なのは副編集長を二人そろへることだといふ説を聞いたことがある。かつて「中央公論」編集長笹原金次郎さんは、綱淵謙錠、粕谷一希の二人の副編集長を擁してゐたから左団扇《ひだりうちは》だつたといふ。元「文藝春秋」編集長安藤直正さんには、田中健五、半藤一利の二人がデスクとして仕へてゐたから……さあ、ここはどう書かうかしら、うん、左扇《ひだりあふぎ》といふ言葉があつた。

動物誌

ダンテ『神曲』は山川丙三郎訳でなければ引用する気になれないといふ友達がゐる。すくなくとも十年前はさう主張してゐた。わたしは『神曲』に関してはかなりいい加減で、いや、この言葉はよくないか、それなら、山川訳よりも新しい訳のほうが便利でいいと言ひ直さう。しかしそんなわたしでも、『聖書』となると、今の訳はどうしても我慢がならない。そこで今回も明治訳で引く。『創世記』第七章、ノアの方舟。ただし私意によつて、ところどころ漢字を開き、句読点を打つ。

ヱホバ、ノアに言ひたまひけるは汝と汝の家みな方舟《はこぶね》に入るべし。我汝がこの世の人の中《うち》にてわが前に義《ただし》きを視《み》たればなり。諸《すべて》の潔き獣を牝牡《めを》七《なな》つづつ、汝の許《もと》に取り、

潔《きよ》からぬ獣を牝牡二つ、また天空《そら》の鳥を雌雄《めを》七つづつ取《と》りて種を全地の面《おもて》に生《い》きのこらしむべし。

ここの所がわたしは昔から疑問でした。「潔き獣」と「潔《きよ》からぬ獣」といふ分類（英訳で見ると clean と not clean です）は変なものだなあ、前者と後者は具体的に言へばどうなのか、たとへば何だらうか、と考へるのである。7対2の比率なのですから、繁殖の結果はすごい差になる。一体どういふ獣を古代ユダヤ人はよしとし、その反対に、どういふ獣を劣位に置いたのだらうか。これは好奇心の対象として、つまり暇つぶしの材料として、絶好のもので、ときどき暇になると思ひ出して思索にふけり、しかし何も調べなかつた。図書館へ行つて注釈書を覗くこともしなかつた。恰好をつけて言へば、あくまでも独力で考へ抜かうとした。そしてあまり大したことが頭に浮ばなかつたのですね。

それに、鳥には潔と不潔の区別がないのもをかしいね。水が次第に減つて山々のいただきが現れると、ノアはまづ鴉を放つが、水の引いた土地はない。次に鳩を放つと、七日の後、オリーブの枝をくはへて戻つて来る。この順序から見ると、鴉は不潔で鳩は清潔といふのではないらしい。同じらしい。鳥にはさういふ分類はないのに、獣にはどうしてあるのか。

もちろんこれは、鳥とくらべて獣のほうが人間にとつてずつと重要だからでせうね。昔のユダヤ人が、獣より鳥が大事と思つてゐたから、そこで鳥には潔と不潔の二大別を設けず、獣には設けたのでせうか。

しかし今回、旧約における獣の分類法について調べようとしても、わたしの持つてゐる本には何も書いてないのですね。「アンカー・バイブル」といふ叢書があつて、その第一巻がもちろん『創世記』、E・A・スペイザーによる「新訳および解題と注」といふ本で、出版社はダブルデイ書店。これがわたしの持つてゐる『創世記』の唯一の注釈書なんですが、この先生は一九六五年に亡くなつた。生前はフィラデルフィアにあるペンシルヴァニア大学東方研究所の所長だといふ。年来の疑問がまた心に浮んで、独力ではわからないから、やむを得ず、買つたきりで目を通してゐないこの本に当つたんです。

問題の箇所に注がついてゐて、「水棲動物は洪水でも平気だから除外したのか？」とある。それつきり。腹が立つたねえ。こんなこと、東方研究所の所長でなくたつてわかる。本に書くまでもない、当り前の話ぢやないか。

獣といふのだから哺乳類ですね。しかしこの哺乳類の動物学的分類といふのはむづかしい。百科事典を引いてみると、哺乳類は原獣亜綱、獣亜綱に二大別される。前者はカモノハシとか、ハリモグラとか。そして後者は主獣区（このなかにはわが霊長目あり）、無足区（クジラ目）、有蹄区（偶蹄目とか、奇蹄目とか、長鼻目とか）などがあつたあげく、なんと、区所属不明（ウサギ目その他）なるものがある。どうも難解である。さらに、ウサギ目を区所属不明とするのは小学館『日本大百科全書』で、平凡社の『大百科事典』は山鼠区に入れる。厄介きはまる。こんなのにつきあつたつて、当面の役には立ちさうもない。何しろ古代ユダヤ人は近代科学なんか知らないのだからな。

そこで古代ユダヤ人にわりあひ近い程度の科学知識の持主が獣の分類をしてないかと探すと、ハリエット・リトヴォ『階級としての動物』（国文社）といふ本が見つかつた。その副題は「ヴィクトリア時代の英国人と動物たち」。そしてこのヴィクトリア朝の人々の動物分類がじつに非科学的なのである。

この本によると、当時のイギリス人は獣を家畜と野生動物に分け、前者をよしとし（「家畜とは野生動物が改心したものである」）、後者を憎んだり侮蔑したりした。せいぜいよくて無関心。

野生動物のうち、虎については、その美しさは認めながらも「野蛮と虐殺の象徴」であると、ある動物学者が言つた。この台詞《せりふ》が動物学者のものだといふ所がすごいでせう。しかも虎は銃を持つ人間と直面したがらないから「臆病」だとそしられた。それに人肉を好むことで罵られた。一体に人肉を食べることは動物の属性中最悪のこととされ、ハイエナ、ジャッカル、ともに激しく憎悪された。野生動物のなかで邪悪なものと扱はれなかつたの の代表はライオンで、態度に威厳があり、たてがみが立派、それに他のネコ科の動物と違つて、食べるのに必要な以上は殺さないし、餌食をなぶり殺ししない、百獣の王だなあ、とされてゐた。わたしが思ふに、どうもこれはあのころのイギリス人が自分たちをライオンになぞらへてゐたことの反映でせうね。ちなみに言ふ。ロンドンはトラファルガー・スクェアのネルソン像の足もとにライオン像あり（これを模したのが三越のライオン）。百獣の王とはすなはち帝国主義時代の覇者のことにほかならなかつた。

彼らが、上流人士だらうと下層だらうと、家畜の最上位に置いたのは馬である。「高貴」な動物だといふのだ。この高貴なものが自分たちに隷属する――このことが彼らにはこたへられなかつたらしい。犬が喜ばれたのも、この隷属する性格のせいであつた。

一方、愛想の悪い家畜は悪口を言はれた。その代表は猫である。あれは人間の支配を認める気がない動物で、主人の意志に従ふ様子はまづない。ネズミその他を捕へるせいで、食物を人間に頼つてゐないため、自分には主人がゐることさへ自覚してゐない、なんて言はれた。そのあげく、こんな批評さへされた。

飼い猫は、その行動よりも態度のほうが、より厳しく批判された。猫は犬よりも親

密に人間と暮らすことが多いけれども、猫が人間のことを好きかどうかさえはっきりしなかった。猫は「主人になついている振りをするだけ」で、実は主人を「恐れている」か「主人の親切を信用していない」かのどちらかではないかと思われていた。ひとびとは「猫の愛情の対象は、人間よりも家」ではないかと思った。犬の熱心な服従と友情を高く評価するひとびとは、猫というのは著しく劣った家事使用人で、「お上品で、官能的快楽に溺れ……もっと気高い性質に欠けているために、高貴で寛大な人の共感が得られない」と考えた。こうしたことから、著名な芸術家が猫をほとんどテーマにしなか

った理由がわかる。猫は「きわめてレベルの低い芸術家」にしかアピールしないとされたのである。

たしかにヴィクトリア朝の絵を見ると、犬のほうがずつと多く描かれてゐる。猫はすくないやうな気がします。調べてみたことはないけれど。でも、それは需要のせいであつて、つまり買ひ手の趣味のせいで、「きわめてレベルの低い芸術家」にしか猫の美が訴へなかつたせいではない。変なこと言つてもらつちや困る。

と、別に猫好きではないけれど義憤を発して演説を使ひたくなるのですね。

猫の次におとしめられたのは豚である。食べてうまいことは認められてゐたが、ランキングにおいて低く、「わがまま」だとか、「不潔」、「野蛮」、「大食」などとしきりに道徳面で悪口を言はれてゐた。一体にヴィクトリア朝の動物学といふのは倫理学の一種だつたのね。

別格として猿がゐました。おもしろいのは、われわれ日本人と違ひ西洋人は身近に猿がゐなかつたことですね。そのせいもあつて猿は何となく別扱ひを受ける形になつた。ちよつと余談になりますが、日本人が西洋人ほど進化論に衝撃を受けなかつたのは、ニホンザルに接してゐて、猿と人間はよく似てゐると前まへから思つてゐたせい、といふ説がある。

なるほどね。これはかなり説得力があります。

話をイギリス人に戻しますが、猿は馬のやうな有用な召使でもなければ、虎のやうな脅威でもなかつた。そのせいで関心が薄くなつた。

「猿の肉は焼くと美味」といふ旅行者の報告はあつたけれど、皮を剝ぐと人間の赤ん坊にそつくりで、厭な気持がするといふので、あまり食べられなかつたことも、この無関心には作用してゐる。

でも、頭がいいことは認められてゐました。十九世紀を通じて、イギリスの動物学者たちは、最も頭のいい動物は犬か猿かを論じつづけたのださうである。かういふ話を聞くと猫好きは怒るだらうな。他人事《ひとごと》ながら心配になる。

そしてこの、犬と猿についての論争（？）は、わが代表的童話において主人公がなぜ他の動物ではなく犬と猿を連れてゆくかを説明してくれるだらう。前にも述べたやうに猿は日本人の身近な動物で、その賢さはよく知つてゐたし、犬はもちろんさうだ。彼らは桃太郎のお供をする資格があると、子供だつて認めてゐたのである。そしてなぜ他の鳥ではなく雉《きじ》が連れてゆかれるかといふと、雉は地震予知の才があると信じられてゐたために相違ない。川柳にいはく、「桃太郎地震のゆるを直に知り」と。またいはく、「きじよりも茶碗屋が泣く地震跡」と。日本人にとつて地震は重大きはまる災厄だつたから、それを予知する才能をもつ以上、頭がいいに決つてると思はれたのだ。

さて、わたしがこんなふうに動物のことに熱中してゐるのは、「潔き獣」の代表は犬、「潔からぬ獣」の代表は豚ではないかと昔から思つてゐるせいである。それは「創世記」のあの件りをはじめて読んだとき直感的に浮んだことでした。前者の典型がライオンで後者のそれが河馬とか、前者の筆頭が馬で後者のそれが牛とか、さういふことはまつたく考へなかつた。カンガルーはどちらといふことも、駱駝はどちらといふことも、問題にしなかつた。ただ犬vs.豚、これを意識した。これは子供のころ、シェパードを飼つてゐて、それから小さいとき親類の家で豚小屋を見たことがあるといふ幼時体験のせいかもしれない。幼時体験のせいで、少年時代の終り近くに聖書を覗いたとき、犬vs.豚の図式が浮んだのだらう。雪国の町医者の子供には、ヴィクトリア朝の影響はなく、相似はまつたく偶然の一致だらう。

そしてこの、犬と豚といふ、わたし一個にとつての聖書的な組合せが、最近、じつに異様な形で迫つて来たのである。この一対には不思議な意味合ひがあつたのだ。

ここでとつぜんトリュフの話になります。

トリュフといふのはゴルフ・ボール大の茸で、匂ひがすばらしく、エロチックな効果が高いといふ。フランス、スペイン、イタリアにしか産しないし、しかもお互ひに他国産の

トリュフを贋物あつかひするとやら。世界三大珍味の一、なんて評判である。他の二つはフォアグラとキャヴィア。

わたしはフォアグラはたしかにうまいと思ひますよ。料理屋でメニューにフォアグラがあると、とても注文せずにはゐられない。キャヴィアは？　わたしは語る資格がない。ほんのすこししか口にしたことがないんです。

これについては、昔、武田泰淳さんと話をしたことがある。

「キャヴィアつて、そんなにうまいもんですか？」

「それは君、日本で、カナッペの四粒か五粒、食べたつて、わからないよ。やはりロシアにゆかなくちや。ウフフ」

とロシア旅行の体験者は威張る。

「フーン」

とわたしは憮然たる表情で憮然たる吐息をつく。

「あれはやはり、ブランデーのグラスの大ぶりのやつにぎつしり詰まつてるのを、カレー・ライス食べるやうな匙《さじ》、あれでグイとしやくつて、バサッと口に入れなくちやあね。すこし食べたつて、味がわからない。ウフフ」

といふ癪のさはることこの上ない話であつた。

そしてトリュフは、じつにさまざまの好運に恵まれて、ずいぶんたくさん食べる機会があつたのです。何度も何度も対面の栄に浴した。かなりの量と向ひ合つたこともある。しかしねえ。どうもピンと来なかつた。別に、まづいとは思はなかつたが、ほう、これが世界三大珍味？　おや、さうなの？　くらゐの懐疑的な心境であつたことは言つて置かなければならない。

つまり、多大の感銘は決して受けなかつた。

ところでそのトリュフですが、これは土中にあつて、見えない。これを探すのには、フランスでは豚を使ひます。

豚は嗅覚が鋭くて、非常に遠くからでも匂ひを嗅ぎつける。丈夫な鼻で地面を掘る。鼻の前面に触毛といふ毛が生えてゐて、このせいで触覚的にも敏感である。そして、よく訓練されてゐる豚は、トリュフを見つけても、トウモロコシやジャガイモを貰へば、そつちに惹かれてしまふ。トウモロコシやジャガイモを食べてるあひだに、人間はトリュフを取る。田中智夫『ブタの動物学』(東大出版会)や、それからマグロンヌ・トゥーサン＝サマの『世界食物百科』(原書房)を綜合すると、大体かういふことになります。

これはフランス南西部ペリゴール地方の方法。

ところがイタリア人は、これに犬を使ふのですね。プロヴァンス地方でもさうらしいけれど。

もちろん犬の嗅覚の鋭さは有名で、われわれ人間の鼻には五百万個の嗅覚レセプターがあるのに対し、犬の鼻には何と二億二千万個のそれがあるといふ。そのせいで、麻薬、銃、爆発物、輸出入が禁じられてゐる食物などを探るのに使はれる。牛が発情期にはいつたことを探るのにも役立つといふ。一九九五年の連邦ビル爆破事件のとき活躍したことは有名だから、今度の事件でも瓦礫のなかから犠牲者を見つけるのに頑張つたことだらう。かういふ仕事に現在使はれてゐる犬は、マーク・デアによると、

レトリーバー

ブリタニー・スパニエル

スプリンガー・スパニエル
ポインター
ボーダー・コリー
オーストラリアン・シェパード
キャタフーラ・レパード・ドッグ
ジャック・ラッセル・テリア
ビーグル

ださうですが、トリュフ犬として何を使ふのかは「ポインターに似た犬」とあるだけです。雑種なんでせうか。

そして犬は豚と違つてトリュフを食べたがらない。御褒美をほしがるだけである。その点は好都合なのだが、その代り、両足で地面を引つ搔いてトリュフをこはす。用心しなくちやならない。

ここまで来れば、もうおわかりでせうが、わたしは、犬と豚といふトリュフ探索用のこの一対が、ノアの方舟の「潔き獣」と「潔からぬ獣」といふ分類のためわたしが考へた一対と符合してゐることに驚いたのである。まさか古代ユダヤの神がトリュフを知つてゐたはずはないのに。いや、全知全能の神だから知つてゐるかもしれないけれど。

犬と豚とについてのこの考察について、そんなこと、なぜおもしろいの？　と言ふ人もゐるでせうが、それはまあ人さまざま。仕方がない。

でもわたしとしては、自分が勝手に決めた「潔き獣」＝犬と「潔からぬ獣」＝豚といふ差別が、嗅覚によるトリュフ探索といふ用途のせいであつさりと蹂躙《じゆうりん》されてしまふ、それが何か愉快だつたのですね。愉快よりもむしろ痛快か。

子供のころ豚小屋を見て不潔な動物だと思つてゐたのに、その後、豚はきれい好きな動物だと知つた。そのせいで何となく申しわけなく思つてゐたのが、これで気がすむ。さういふこともあるかもしれない。豚小屋を見たのはごく小さいころで、トンカツもチャーシューもろくに食べてなく、豚に対する評価が低かつた。それを改めてからの親愛感をかういふ形で示すのが嬉しいといふこともあるでせう。

とにかく豚が犬と同格になつてよかつた、とわたしは満足するのですが、それにしてもあの『創世記』の分類はどうなのでせう。謎ですね。

さて、本論はこれでおしまひなのですが、言ひ残したことが一つあります。

トリュフを探す豚は牝豚ださうで、これはトリュフの匂ひが牡豚のフェロモンと似てゐるのださうです。正確に言へば「トリュフには（中略）雄ブタの性フェロモンと同様の物質が含まれている」。去勢しないで育成された牡豚の肉に特有の、牡臭《ぼしゆう》といふものがあつて、この匂ひもこのせいなんですつて。

そこでわたしは思ふ。おれがトリュフの味に対して鈍感なのは、ひよつとすると、おれには牝豚的な要素が欠落してゐるせいかもしれないぞ、と。

これは、立場を変へて考へれば、純粋に牡豚的な人間だといふことになるかもしれない。

スクープ！

毎日新聞二〇〇〇年十一月五日付朝刊は、旧石器についてインチキを重ねてきたF氏の所業をあざやかにあばいた。これを評して立花隆さんは「日本ジャーナリズム史上に残るような完璧なスクープ」と言ふ。花やかで、そして正確な賛辞。立花さんの「田中角栄研究　その金脈と人脈」（「文藝春秋」一九七四年十一月号）のときも、誰かがかういふ派手な褒め方をすれば、よかつたのに。

毎日のスクープについてはおもしろい噂がある。取材班の大将は北海道支社報道部長の真田和義さんだが、石器を仕込む場面を撮影するための、三百万円のビデオ・カメラを買ふに当つて、稟議《りんぎ》なしで買ひ込んだ。もちろん特種がものになれば社が払つてくれるが、失敗したら……自腹を切るつもりだつたらうといふもつぱらの噂。昔の新聞記者の話みた

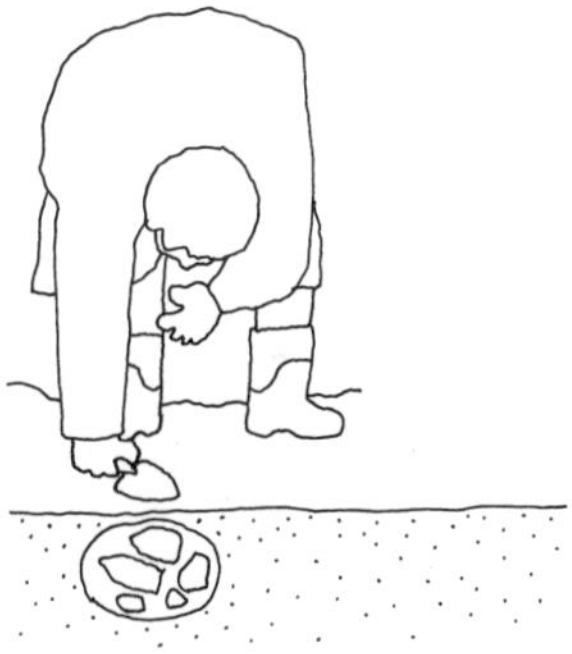

いで、威勢がよくて嬉しいね。

今回の取材の基本は、張り込みといふ古典的な方法だが、これがじつにまあ何度もしくじる。『発掘捏造』（毎日新聞社）を読むと、同情に堪へないくらゐうまくゆかない。九月五日、石狩川を望む総進不動坂遺跡で、三人組の記者がはじめて犯行を撮影してホテルに帰り、ビデオの映像を見ても、モニター画面が青いまま。何も映つてゐない。機械の操作を間違へたのだ。もう一つのビデオは手ぶれがひどくて駄目。三人目が撮つた写真にはいい画面がない。しかしF氏がやつたことは明白になつた。その点ではすごい成果。きつと明日もやるぞ。自分たちをさう励まして、また張り込む。

そして翌日は……F氏は現れない。かういふ所を読むと、妙なたとへだが、赤穂浪士に声援を送る江戸市民みたいな気分になつてくる。

『フォーカス　スクープの裏側』（新潮社）といふ本があつて、これもおもしろがる人はゐるかもしれないが（ゐる、現在三刷）、しかしわたしは、近藤サトが深夜、タクシーのなかで男とキスしてる写真を撮つた苦心談、なんてものを読んでも、感銘は受けないのね。どうでもいいつて気になる。赤穂浪士に対するやうな興奮はなく、しらけつぱなし。もともと事柄そのものがどうつてことないことなので、仕方がないのだ。その点、真田さんの率ゐるグループは、わたしにとつて刺戟の強い題材を狙つた。

殊に十月二十二日、仙台の近くの上高森遺跡で見事に成功するくだりはわくわくしますね。

まづ事前の下見のとき、雑木林から土手に登らうとすると、煙草の箱くらゐの大きさの、泥まみれのビニール袋が落ちてゐて、なかに「袖原3」と書いた紙きれがはいつてゐる。袖原3はF氏の東北旧石器文化研究所が調査してゐる遺跡名。このビニール袋が物語論的に言へば絶妙の伏線になる。

準備行動を誰かに見とがめられたときの言ひわけが用意してあるのも感心した。「編隊を作つて飛ぶ雁の群れを、日本最古の遺跡と絡めて撮影しようとしてゐた」といふのだ。このため渡り鳥についての知識を勉強して置いたといふから万全の態勢である。もつとも、誰にも気づかれなかつたから、これは杞憂《きゆう》に終つたのだが。

二十二日、午前五時半までに撮影準備完了。撮影班は三人。

六時二十分三十秒、ベージュいろのマウンテンパーカーを着たF氏が現れる。

「来た、Fだ。来たぞ」

無線を聞いた西村記者が笹の茂みから顔をあげると、畔道をこちらに向つてまつすぐに歩いて来るF氏と視線が合ひさう。距離が百二十メートル、百十メートルとぐんぐん縮まる。西村記者は、見つかるんぢやないかと心配しながら、シャッターを一、二回切つた。

六時二十分四十五秒。「仮C層」「仮E層」と名づけてある発掘区画にF氏がもぐつたが、南側の雑木林にひそんでゐる高橋、山本の両記者からは頭の一部しか見えない。西村記者からはF氏のマウンテンパーカーと後頭部のみ。

六時二十四分〇〇秒。F氏は「37層上面」へ移動。西村記者はF氏が右手に移植ゴテを握つてゐるのを見た。湿つた土がたくさんついてゐる。

西村記者は、あ、これは埋めてるぞと感じた。

六時二十四分十三秒。高橋記者はF氏が立ちあがるのを見た。高橋記者は灌木の根元に身を伏せながら、ビデオ・カメラを持ちあげた（丸谷いはく、この動作むづかしさう）。F氏は左ポケットから透明なビニール袋を取出し、左手の掌に石らしいものを落して、それからしやがみ込む。

高橋記者は「あの袋だ」と思ひ、「肩が上下に動いてる。やつてる、やつてる」と無線で伝へた。

しかし、何かやつてることは確かだが、見えにくい。

六時三十分〇〇秒。F氏は西に十歩ほど移動して、何かを埋めるやうな動作をした。そのとき晴れた朝の空に町内放送の「野なかの薔薇」の旋律が響きはじめた。この旋律のなかでF氏はまた立ちあがり、西村記者のほうに向いて右ポケットから大きなポリ袋を出した。

西村記者はシャッターを何度も切つた。

このところ、黒澤明の映画のやうな音楽の使ひ方ですね。

自然は藝術を模倣するとはまさにこれです。

ところが六時三十一分二十五秒。右手にポリ袋を持つF氏が、山本記者のほうに向ひ、猛然と歩いて来た。山本記者本人も、それを見てゐた西村記者も、「見つかつた」と思つた。

F氏はどんどん近づいて来る。十五メートル、十メートル。そこまで来たとき、くるりと回れ右して十六歩ばかり歩いた。

「ばれてない」

山本記者がさう思つて、唾を飲み込んだとき、F氏はいきなり山本記者のほうに向つてしやがみ込んだ。両者の距離は十五メートル。F氏は周囲を見まはしたのち、右手の移植ゴテで穴を掘り、ポリ袋から石器をいくつか穴のなかに流し込む。そして右手で配列をとのへ、土をかぶせ、拳《こぶし》を押しつけ、それから中腰になり、左足の踵で数回、土を踏み固め、再びしやがみこみ、右手の移植ゴテで表面を削つた。そして、

「パン、パン、パン」

これは掌で土の表面を叩く音。その音が、木々の葉を揺らす風の音、鳥たちのさへづりといりまじる。

ここのところ、じつに映画的ですね。もちろん黒澤明的。つまり、またしても自然が藝術を……といふやつである。

これからあとのことは皆さん御存じですね。日本中がこのスクープに驚き呆れた。わたしは日本にゐなかつたので、あの日の朝刊が読めなかつたのは残念でした。新聞を読むのが大好きな男に対して、運命の女神は意地悪だつたと嘆いてもいいし、まあこの程度の意地悪ならされてもいいやと諦めるか。

ところでスクープとは何か。

これを『オクスフォード英語辞典』つまりOEDで引くと、「アメリカン・スラング（引用を見よ）」とあつて、その引用は、「フォネティック・ジャーナル」一八八六年二月六日のもの。「アメリカの新聞社では、他紙には載るはずのない記事は〝スクープ〟として評価される」と。

そしてパートリッジの『スラング辞典』によれば、「ライヴァルである新聞に先んじて入手し（印刷し）たニュース。ジャーナリズム用語。米語。一八九〇年ごろ英語に入る」と。

一九三八年ごろイーヴリン・ウォーが出した『スクープ』といふ題の滑稽小説があるが、ＯＥＤの第二版つまりＯＥＤ2なら、あれからの引用が出てゐるかもしれない。友達に電話をかけて調べてもらふのも気の毒なので、ここは手抜きでゆきます。

とにかく他社を出し抜いての特種ですね。今回の事件でおもしろいのはＦ氏が、他の人々を出し抜いて特種を出したいと念じたあげく、いはばスクープの偽造をした（しつづけた）のに対し、毎日は正統的なスクープをもつて応じたといふ所でせう。学者（？）対新聞記者のスクープ合戦だつた。

わたしの友人である新聞記者ＯＢは、スクープについて、

「あれは、やつたほうは、全社が愉快愉快で盛りあがるけど、やられたほうは全社的に気が滅入るものでしてね」

と言つてゐた。その感じ、わかるなあ。

このあひだ毎日の社長、斎藤明さんに会つたら、欣快の至りといふ顔をしてゐました。あの大スクープで新聞協会賞と菊池寛賞を受賞したのだから当り前だけれど。

さて、社長の話から副社長の話に移るか。

嘉治隆一は朝日の論説主幹と出版局長を勤めた人ですが、彼に『明治以後の五大記者』（昭和四十八年＝一九七三）といふ著書がある。人選がおもしろい。

中江兆民
田口鼎軒
三宅雪嶺
長谷川如是閑
緒方竹虎

の五人を扱ふ。

ところが明治時代、人物評論の代表者として名のあった鳥谷部《とやべ》春汀に『三新聞記者』（明治二十九年＝一八九六）なる一文があつて、「福地福沢の時代既に去り、後進俊髦《しゅんぼう》の記者方《まさ》に勃興して、新聞社会は端なくもここに新陳代謝せり、中に文壇の将星たるもの三人、徳富蘇峰朝比奈碌堂陸羯南即ち是れ也」と述べる。すなはち、

福地桜痴
福沢諭吉
徳富蘇峰
朝比奈碌堂《ろくどう》
陸羯南《くがかつなん》

の五人が大事だと言つてゐる。まつたく重複しないが、まあこの十人が、好き嫌ひは別と

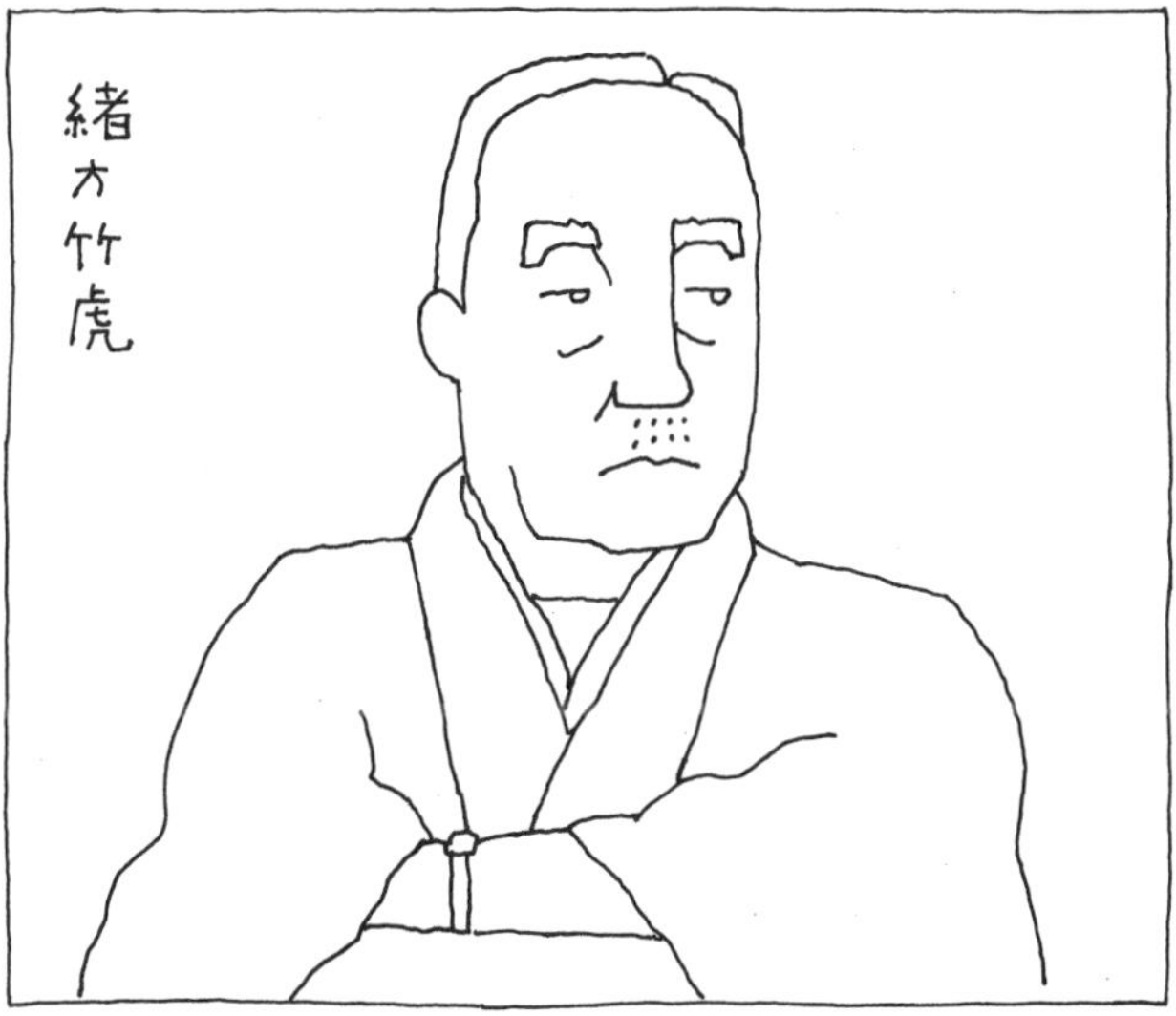

して言へば、近代日本ジャーナリズムにおける重要人物であると見ることは許されよう。

この十人のうち、朝日の副社長、緒方竹虎が異色である。他の九人はいはば論説専門だつたが、彼一人が大スクープをやつてのけた。もちろん緒方は論説もよくしたけれど、明治から大正に改まる際に新元号を抜くといふ放れ業で天下をあつと言はせたのである。時に緒方、二十五歳。この大正といふ元号のスクープは、後に大正から昭和に改まるとき、東京日日新聞（その後身が毎日新聞）が新元号は光文といふ号外を出して大失態を演じたのと好一対（？）をなす語り草であつた。もつともこの誤報は、本当は的中してゐたのだが、号外に驚いた枢密院が昭和に直したのだといふ説もある。諸説紛々、結局よくわかりません。猪瀬直樹さんの『天皇の影法師』（朝日文庫）はこの事件を扱つた好読物で、よくもこんなに調べることができたものだと驚く程の本ですが、事柄の性格上、当然のことながら、謎はつひに解かれてゐないやうだ。

ところで緒方はどういふ手段でこのスクープに成功したか。人脈である。三浦梧楼からこの特種を与へられた。

緒方は三浦の家に出入りしてゐた。この人物は陸軍中将にして政治家。枢密顧問官で、幕末のころは奇兵隊の副隊長だつた男（隊長はもちろん高杉晋作）。山縣有朋はかつての部下だから、三浦はこの元老を軽んじて、彼と対立してゐた。陸羯南の新聞「日本」のパトロンで、中野正剛、緒方竹虎、大西斎《いつき》など朝日の若手記者は三浦邸によく出入りしてゐた。三浦はそのなかで特に緒方に注目してゐたため、枢密顧問官として知ることのできた、元号およびその出典を、緒方に与へたのである。

緒方は三浦の姻戚《いんせき》であるため、このせいでスクープができた、と見たくなるけれど、これは違ふやうだ。

ちよつと事情を説明しませう。人生訓的な挿話がはいつてゐます。

三浦は、息子の嫁の妹を出入りの若い記者たちのうち最も前途有望な者と結婚させたいと考へた。これは一つには三浦家の安泰を思つての策であつたらしい。

そして当然のことながら、緒方が候補となつたが、このとき人物テストがなされた。緒方を熱海にある三浦家の別荘に招き、訪れた若者にまず温泉をすすめた。三浦老夫人は入浴中の緒方の衣服を調べ、それが肌着に至るまですべて汚れがついてゐないことを確めて、信を置くに足る青年と認めたといふ。

ただしわたしとしては、緒方の結婚は大スクープの四年後のことだから、もともと三浦は緒方に目をかけてゐて、それで情報を与へたのだと思ふ。三浦老夫人は念には念を入れたにすぎない。新元号に関する大特種が、四年後を見通しての一種の婿引出《むこひきで》であつた、と見ることはできないでせう。

この情報はすこぶるあつけなく提供されたやうで、物語めいたおもしろい経緯はなかつたらしい。三浦将軍のポケットから書類を盗み取る、なんて話ではないから、これは仕方がない。この特種は、スクープ史において占める位置は高いが、緒方竹虎伝のなかでの読みごたへといふ点では、二・二六の際、朝日新聞社が反乱軍に襲はれた朝の沈着冷静な対応ぶりに遠く及ばないのである。

いささか横道にそれるが、折角の機会だから書きつけて置く。

その朝、トラック二台に乗つた反乱軍の将校と兵士（後でわかつたことだが蔵相高橋是清を殺して来たばかり）が押し寄せて、代表者を出せと要求した。緒方主筆は大阪本社に電話をかけて連絡を取つた後、エレベーターで降りてゆく。そして、中尉の肩章をつけた、短銃を持つてゐる男と向ひ合つた。中尉は主筆の名刺を見て、ちよつと会釈したが、目が合つたとき、目を伏せた。緒方はそれを見て、「これなら大したことないな」と思つたといふから、まるで剣豪小説。事実、緒方は中学時代、剣道の選手で、大阪の某道場へ遠征したとき、道場主から太刀筋を見込まれ、自分の後継者にしたいと望まれた、といふ伝説がある由。

中尉は、緒方が一人で出て来たので、気を呑まれたらしい。足を踏ん張り、右手に銃を構へながら、腰のあたりをもぞもぞさせてゐる。緒方は、もしも向うが拳銃を向けようとしたら手許に跳び込んで叩き落すつもりでゐたが、何もしない。中尉は紙切れを取出し、「今後はここに書いてあるわれわれの方針に従つて編集してもらふ」

とどなつた。

「そんなこと言つても、朝日には朝日の主張と編集方針があるから、外部から言はれたことに従ふわけにはゆかないんだよ」

「聞かなければ、ぶつぱなすぞ」

「ぶつぱなされても仕方ないが、この建物のなかには社の主張や方針に全然関係のない女や子供がゐる。それを社の外に出すまで待つてくれ」

「よーし、すぐ出せ」

「それぢやあ、三階の編集局へ行つて、その旨を伝へよう」

と言つて帰つた。

それから社員に通達し、四階の主筆室を片づけてから社屋の外へ出た。降りるとき、はいつて来る反乱軍の兵士たちとすれ違ふ。屋外から社屋を睨んでゐるとやがて反乱軍が出て来て、二台のトラックで去つて行つた。緒方が社内に戻つて見ると、編集局の一角に蹶《けっ》起《き》の趣意書が貼りつけてあり、印刷局では活字ケースをいくつか引つくり返してあつたといふ。

とにかく剛胆な態度で、じつに立派なものである。専務取締役となり、副社長となつたのは当然のことだつた。

そしてわたしとしては、もしも緒方が事件の直後、この一部始終を新聞に書いてゐればよかつたのになあ、と惜しむのである。当事者である主筆によるスクープとして、日本新聞史上、唯一のものになつたに相違ない。もちろん、こんなこと、軍の言論統制がきびしくて、絶対に不可能だつたわけですけどね。

しかし、かういふ話はくたびれますね。もつと呑気なことを書きたい。

実は、わたしが一番気に入つてゐるスクープの話がある。『産経新聞政治部秘史』（講談社）で読んだものだ。

昭和二十七年（一九五二）の夏、自由党は吉田派と鳩山派とに分れて激しく対立してゐたが、八月、吉田首相は衆議院を解散。その総選挙の最中、吉田＝鳩山会談が箱根の芦ノ湖畔でおこなはれた。吉田が政権を鳩山に渡すのか、渡さないのか、が眼目である。この会談を産経が抜いた、と『秘史』にはあるが、おそらく、後述するやうな事情で、毎日にもほぼ同じ記事が載つたのではないか。とすると、厳密な意味でのスクープではなくなるが、そこはまあのんびりと構へることにしよう。実際、のんびりしたスクープ話なのである。

九月二日、箱根ホテルにゐた鳩山は、朝から吉田首相の来訪を待つてゐたが、なかなか現れない。三時のお茶の時間になつても来ない。やがて、たそがれどきになり、夕暮が迫る。このへんの様子、宮本武蔵と佐々木小次郎の決闘に似てますね。

夕食の時間になつて鳩山がスープを飲みかけたちようどそのとき、六時三十分、パナマ帽に籐《とう》のステッキ、和服姿の吉田がふらりとやつて来た。

ここから両人のやりとりが全部、聞き取られてゐる。

鳩山　夕食は食べるかネ。

吉田　いらん、いらん。ところでどうだ体は。

鳩山　近ごろはなるべく歩くように心がけているが、まだ杖《つえ》はいるよ。新聞で、僕が君の悪口をたたいているように伝えているが。どうかね。

吉田　気にしていない。

鳩山　ハト公のいうことなんざ相手にせんか。

（笑い）

鳩山　脳溢血《のういっけつ》にもいろいろあって、僕のは泣き上戸《じょうご》だ。

吉田　いや、しゃべり上戸だ。

（笑い）

なんて調子である。古狸同士の対話だから政治についての話は一切なかつたさうで、しかしそれでもこれがまあ一種のスクープであることは認めてもいい。

どうしてこんなことが可能だつたかといふと、『秘史』のこの項を書いてゐる久保田正明さんと毎日の西山柳造さんの両記者が、ボートに乗つて、箱根ホテルの出窓の下にもぐりこみ、全部を聞いてゐたのだ。立ち聞きではなく、乗り聞きか。いや、相乗り聞きか。久保田さんはこれで社長賞をもらつたさうである。

吉田=鳩山といふ顔ぶれと言ひ、湖とボート、ホテルの出窓の下といふ舞台装置のよさと言ひ、何だか童話的で、わたしは好きだ。

再び二日酔ひの研究

まづ、ちよつと長めの引用からはじめます。こんな文章を書くのは誰だらうと考へながら、つまり筆者当てクイズの気持を軽く念頭に置いて、お読みになつて下さい。もちろんあなたが御存じの人が書いた文章です。

諺にいはく、酒のなかに真実あり、と。ところがノア以前においては、人間には飲み物として水しかなかつたので、真理を見つけることができなかつた。従つて彼らは極めて意地悪になつてゐたし、彼らが絶滅したのは好んで飲む水のゆゑにほかならなかつた。義人ノアはこの不快な飲み物、つまり水によつて同時代人みんなが亡ぼされるのを見て、水がすつかりいやになつた。そこで神は、彼の渇きをいやすためワイン

を造り、ワイン（le vin）造りの技を授けたまうた。この液体の助けにより、ノアは以前にも増して真理を見つけるやうになつたのである。これ以後、すべて最上のものは、神々でさへ、すばらしい（divine《ディヴァィン》）と呼ばれるやうになつた。神はわれわれを励ますため、ワインを造りたまうたのである。隣り人が食卓にあつてグラスにワインをつぐとき、そのなかに水を入れろなどと横合ひからせつついてはならない。一体なぜ、真実を溺れ死にさせるのか。使徒パウロがテモテに、健康のためには水のなかにワインをそそげとまじめにすすめたことをあなたは知つてゐるか。そして、使徒にも、神父にも、ワインを水で割る者など一人もゐなかつたのである。

本当はもうすこしあるのだが、英文和訳が面倒くさくなつたから、このへんでやめる。筆者はフランクリンです。さう、あのボストンのベンジャミン・フランクリン。凧をあげて実験して、稲妻が電気放電であることを確め、避雷針を発明した、あのフランクリン。彼は『貧しきリチャードの暦』なんて格言入りのカレンダーを売り出した男だから、プロテスタンティズムの倫理にこりかたまつてゐて、当然、酒には悪意を持つてゐたはずだとわたしは漠然と思つてゐましたが、さうでもなかつたんですね。意外であり、かつ、嬉しい。さすがはフランクリン、なんて言ひたくなる。

人間は水ばかり飲んでゐたので、ノアの家族以外は亡んでしまつた、といふのは冗談の言ひ方が目茶苦茶で、これもまたちよつといいですね。あんまり大味なふざけ方なので、かへつて詩趣に富むといふ妙な事態になつてしまつた。

これで思ひ出す漢詩があります。元《げん》の劉詵《りゅうせん》の作。わたしはこれを西村康彦さんの『中華飯菜風味』(文藝春秋)で読んで感嘆を禁じ得ず、原詩を教へていただいたのですが、その紙はあんまり大事にしすぎて、どこかへ行つてしまつた。そこで西村さんの訳文だけをかかげる。


飲酒のどこがよいのか?　それは愁いを消し去ることができることだ。

遠い太古、ひとは酒を造ることができなかった。ために愁いは天地に満ちていた。

その昔、阮籍《げんせき》、劉伶《りゅうれい》といった名うての酒豪たちは、ひとたび飲めば一石の酒など当り前であった。私はとてもそんなに飲めないが、それでも寸酌が愁いを消してくれるのは、大酒飲みの阮や劉と同じである。

人生の浅深は計りがたく、ひとによって異なるものであるが、天地にもし愁いというものがなければ、酒がなくとも少しもかまわないものであろうに。

この、酒がないせいで憂愁が満ちてゐた天地に、突如、酒が訪れたときのドラマチックな激変。思ふだに心が躍る世界史的変化ですね。かういふ歴史哲学ないし歴史論は、哲学者にも歴史学者にも書けない。ただ詩人だけが示すことができるのである。詩といふのはすごい藝当ですね。詩人は偉いと思ふ。

しかし、ここでだしぬけに話のスケールが小さくなります。世界史の次元から自分史の次元へ下がる。言ふまでもなく二日酔ひ、すなはち、酒があるせいで天地に憂愁がみちる状態をわたしは論じたいのである。かつて『二日酔ひの研究』と題する一文（『好きな背広』所収）を草したことがありますが、もう一度あれを取上げたい。これは切実な問題ですね。新聞で読んだのですが、第一製薬の調査によると、日本の会社員（男女を合せて）は、年に五・四回、二日酔ひをするといふ。やるねえ。

わたしは一般に、新聞で出会ふ数字は眉唾物が多いなといつも思つてゐる者でありまして、内閣支持率にしたつて、何県の住人はソバ好きとウドン好きがそれぞれ何十何パーセントなんて話にしたつて、ほんとかね、俄に信じがたいなといふ気持になつて仕方がないのですが、あの二日酔ひの回数だけはよく真実をとらへてゐると思つた。

新聞の数字でこんなに深い感銘を受けるなんて、久しぶりの体験です。つまりわたしも大体、年に五・四回くらゐあれをやつて、憂愁に沈むことになるのですね。いや、昔はも

つと多かつたか。
もつとも、この二日酔ひといふ代物、これを定義づけるのはむづかしい。キングスリー・エイミスに『酒について』といふ名著があつて、これは吉行淳之介さんの名訳によつて先年紹介され（講談社）、洛陽の紙価を高めた本ですが、当然のことながら二日酔ひについてかなりの紙数を費してゐる。酒それ自体についてよりもこつちに対する関心のほうが強い……やうな気がする箇所さへある。その話になると情熱のこもり方が違ふのね。あるいは、別種のエネルギーが生ずると言つてもいい。多年にわたる悔恨のなすわざでありませう。
しかし、不思議なことに、この本をいくら読んだつて、二日酔ひとは何かといふ定義づけは見つからないのですね。皆さんよく御存じの例のあれ、といふ調子で書いてある。学問的な態度ぢやないね。

でも、これは納得がゆきます。どのへん以上がそれ、といふ限定が非常にむづかしいのである。何しろ相手が相手なのだ。

先日、朝日新聞の「天声人語」子が、年末から年始にかけて風邪を引いた話を書いてゐて、「いや風邪と断定していいかどうか」と保留してから、「これには『不審船と断定』と同じような問題がある」と述べてゐるのには喝采した。うまい。さらにつづけて「天声人語」子は言ふ。「『某国船と断定』ならわかるが『不審船と断定』がちょっと変なように、風邪と断定は難しい」。この辺の呼吸、なかなかの藝ですね。風邪と不審船。朦朧としてつかまへにくく、大したことないやうでしかも迷惑千万な感じの両者で、好取組になつてゐる。

これに触発されてわたしはたちまち、串本節の替へ唄を作りました。

ここは日の本
向うは某国
なかを取り持つ不審船
アラヨイシヨ　ヨイシヨ

ヨイシヨ　ヨイシヨ　ヨイシヨー

別に不審船に対してヨイシヨする気はないけれど。

えーと、その風邪と同じやうに二日酔ひも断定するのがむづかしい。境界がはつきりしないのですね。わたしはおほむね、朝飯（九時半か十時）が食べられない（午後の三時か四時になつてやうやく食べられる）状態を二日酔ひと認めることにしてゐます。それで、何となく他の人もそんなものかと思つてゐたら、人さまざまなのね。

わたしの友人である某編集者（ただし元編集者）は、最初に訪問した作家宅において、「奥様、まことに恐れ入りますが、ビールを一杯いただけないでせうか」と所望する状態が二日酔ひである、と言つてゐた。小説家の女房も大変だよ。いつもビールを切らさないやう心がけてなきやならない。もちろん、銘柄まで指定するやつは、まさかゐないと思ふけれど。

野坂昭如さんは、朝、目が覚めて猛然と饅頭《まんぢゆう》が食べたくなつたらそれが二日酔ひ、と語つてゐた。なるほどねえ。血糖値が下がつて、甘いもの（特に餡《あん》）に対する欲求が激しくなるんださうです。この複雑な人物にしては、意外に単純だなあ。

わたしはビールもいやだ。饅頭もいやだ。

ついでにも一つ打明けて置かうか。エイミスに言はせると二日酔ひの妙薬は、朝、横に女人がゐて、それが君の気に入つてゐる相手で、しかも向うがいやがらなければ、ただちにおこなふことださうですが、頭が痛くて胸がムカムカする状態でそんな事業にせつせと励むなんて、とても考へられない。闇と静寂と水、それと共にあつて、わたしはただうとうとしてゐるのです。ああ、かう書いただけで、すでに慙愧《ざんき》の念に堪へないやうな気分になつてきた。

しかしかういふことは友達に相談するより本を読むほうがいい。さう思つて、デイヴィッド・アウターブリッジ著『二日酔いハンドブック』といふ買ひ置きの本を覗いてみた。でも、これにも、どこからが二日酔ひかは書いてありませんね。そんなこと自明のことだといふ態度で話を進めてゐる。

ただしこの著者はどうやら医者らしく、エイミスなんかとは違ふ角度から対象を見てゐる。その点で清新であり、かつ有益な本である。たとへば、二日酔ひは次の四つのものの合成によつて生じるんださうです。

1　毒素の存在

2　ノイロン（神経元）の不適合

3　必要なミネラルとヴィタミンの欠乏

4　レム睡眠の欠如

このうち、1はよくわかりますね。2は医学的には何のことやら見当もつきませんが、しかし心理的にはパッと同感できる。こんな言ひ方はかなりいい加減ですが、しかし寛容なあなたなら（あなたといふのは今この一文を読んでゐる君のこと）わたしの態度を咎めないと思ふ。3はもちろん了解。そして4はまつたく初耳のことで、これには衝撃を受けました。二日酔ひ論はあまた耳にしたり読んだりしたけれど、レム睡眠と関係づけてこの人類の苦悩の大問題を解明した説には出会つたことがなかつた。

そこで話の順序として、レム睡眠とは何か。これは睡眠の型の一つで、浅い眠りですね。身体は眠つてゐる。筋肉は休んでゐる。しかし脳はほとんど覚醒に近くつて、急速眼球運動（**rapid eye movement** これを略して**REM**）を起してゐる。このときたいてい夢を見てるし（だから夢見睡眠ともいふ）、それから、男なら例の夜間勃起はこのときに起る。一夜に四回か五回、これをやるんださうです。

今ふつと思ひ出しましたが、長田弘さんの訳したセンダックの絵本『夜、空をとぶ』に、裸の少年が夢のなかで飛び翔けてゐる絵があつて、勃起してゐました。何もそのせいで褒めるわけぢやありませんが、いい絵本だつたな、あれは。

このレム睡眠はまだよく調べのついてゐない領域らしく、このときになぜ勃起するのかわかつてゐないさうです。さらに、これもなぜさうなるのか充分にはわかつてゐないのださうですが、アルコールはレム睡眠を妨げるんですつて。

これですね、重大なのは。

このせいで、酔つぱらつて……つまり一種の麻酔を受けて……眠りについたのに、それにもかかはらず早く目が覚めて、また眠ることができず、翌日くたびれが残るんださうです。レム睡眠なしが三日つづくと精神病になる、なんてアウターブリッジさんはおどしてゐる。従つて深酒は三晩つづけてはいけませんよ。せいぜい二晩にしよう。そしてこの精神状態が昂じると、日中の目覚めてる時間にピンクの象とか何かの幻覚を見るやうになるんですつて。

このレム睡眠についての一連の説明を読んでわたしは非常に啓発され、知識欲を満足させたのですが、しかしだからと言つて二日酔ひの解決には役立たないんですね。原理を知ることと療法を知ることとはまつたく別である。

もちろん二日酔ひを避けるためには、禁酒が最上の策だが、そんな乱暴な話をしたつて実際的でない。適量で控へればいいといふのはもつともな話だが、それがむづかしいときがあるから問題なのだ。そこで、二日酔ひになつてしまつたあとでどうすればいいのか。アウターブリッジさんの本をもうすこし読んでみよう。

たとへば大プリニウスはどうしたかといふことが書いてある。

大プリニウスはローマ帝政期の軍人にして官吏にして文人で、『博物誌』で有名だが、富裕であつたせいで、飲み食ひに贅沢した。チーズを肴に白ワインを飲むのが大好きだつたさうで、必然的に（と言つてもいいでせう）度を過すことがある。そのときどうするかを彼は書き記してゐるんですね、古人にしては珍しく。

もしも柿本人麻呂とか紀貫之とかが、この調子で二日酔ひの療法のことを書きとどめてゐてくれたらどんなに楽しいかと思ふのですが、その点、人麻呂や貫之は大プリニウスほど筆まめぢやなかつた。ひよつとすると、経済的制約のせいで、二日酔ひするほど飲めなかつたのかもしれない。
大プリニウスのレシピはかうです。

梟の卵2個、生で
薄めないで

わたしはこれを読んでびつくりしました。実を言ふと、生卵を飲むのは日本人だけだと思つてゐたのです。

ほら、やるでせう。運動会の朝にお婆さんが孫に生卵を飲ませるとか。ただしわたしは、さういふ体験はありません。わたしは走るのが苦手で、家族の誰も運動会におけるわたしの活躍を期待してゐなかつたのだ。

それからまた、新婚夫婦が朝、生卵を飲むとか。これもわたしは体験したことがない。あるいはまた、すき焼きのとき溶いた生卵にひたして食べるとか。これは好きですよ。

吉田健一さんは奈良の志賀直哉邸ですき焼きを御馳走になつたとき、卵を割れなかつたさうで、河上徹太郎さんがそばで見てゐて呆れたといふ。日本人のくせに、と評してゐた。その話の印象が強くつて、わたしは生卵を飲むのは日本人だけと思ひ込んでゐたのだが、

ローマ人もやつたのだ。

フュステル・ド・クーランジュの『古代都市』なんか読むと、神々に対する信仰にせよ、家族制度にせよ、古代ローマ人はじつにわれわれ日本人に近いなあとびつくりするのですが、近似は生卵の飲み方にまで及んでゐたわけです。

しかし梟の卵なんて、簡単に手にはいつたんだらうか。プリニウス家は裕福だつたから、そのへんは苦労しなかつたのかもしれないし、彼は博物学者だつたから、梟を飼つてゐたのかもしれない。

うん、これはあり得るね。といふよりもむしろ梟を飼ふ風俗があつたのかもしれない。

といふのは、古代ローマ人は梟の仔の目

玉を小皿に一つ食べて、二日酔ひの薬としたといふ記録が残つてゐるからである。ひよつとするとプリニウス家に限らず、ローマではかなり多くの家が、飲みすぎに備へて飼つてゐたのかもしれません。梟がかりの奴隷がゐたのかもしれない。用意周到といふか、贅沢といふか、とにかく豪華な文明と言へないこともない。

ギリシアの都市のアテネには梟がいつぱいゐたんださうで、梟はアテネの表象。このためローマ神話では、梟は知恵の女神ミネルヴァ（ギリシア神話のアテネに当る）を象徴する鳥になりました。わたし思ふに、二日酔ひの薬としての梟はこれによるものか。つまり二日酔ひといふのは人的暗愚の代表だから、これと鋭く対立する知恵の女神の目玉を食べて賢くならうといふのか。

極めて個人的な感想としては、梟の仔の目玉を小皿に一つなんか食べたら、可哀さうで可哀さうで二日酔ひがいつそうひどくなりさうな気がするけれど、これは現代人の偏見なのかもしれない。何だか自信がなくなつてきた。

われわれにも理解できるものとしては、これは近代人だから当り前だけれど、例の『ピープスの日記』で有名なイギリス十七世紀のサミュエル・ピープスのレシピがある。あの人は女にも、酒にも、目がないたちだつたから、二日酔ひにはかなり苦労してゐたらしい。

オレンジ・ジュース1クォート（約1リットル）
砂糖を入れて

これは例の血糖値低下に対する対策ですね。イギリスには餡入りの饅頭なんてうまいものはないから、こんなもので間に合せるわけだ。

しかしもつと素朴な手もある。事後の手ではないけれど。これは古代ギリシア人の手法。

パセリの冠

パセリで冠を作つて、前夜これをかぶつて寝ると、二日酔ひの予防になるといふのだ。この応用ないし変化みたいな手を古代ローマ人は用ゐた。すなはち、

セロリの冠

かういふのはみな、例のイエス・キリストがローマ人の兵隊からかぶらせられた茨の冠の同類で、実はカーニヴァルのとき贋の王がかぶらせられる王冠の変種なのでせうね。今

夜は贋の王といふ屈辱的な地位にあるが、明夜は真の王として適正な量を上手に飲みませうといふ決意を表明する、呪術的行為か。しかし本当のことを言ふと、前夜から用心するなんてをかしい。前の晩は、明日は深酒しようなんて思つてゐないのです。それがつい飲みすぎる。さういふものなのである。すくなくともわたしの場合は絶対さうだ。

ここから考へると、ギリシア人やローマ人はよほど呑兵衛だつたか、あるいはまた、よほど自分の克己心に自信のない連中だつたに相違ない。

それはともかく、パセリやセロリで冠を作るのも大変なら、梟の卵や梟の仔の目玉を入手するのも面倒ですね。参考にならない。

砂糖入りのオレンジ・ジュースなんて、思つただけでも気色が悪くなる。

何か簡単で、甘つたるくない、すつきりしたレシピはないものか。

さう思つて『二日酔いハンドブック』をめくつてゐたら、最後のページに理想的なやつがありました。プエルトリコの療法ださうです。

レモンを輪切りにして、腋の下をゴシゴシやるのだといふ。

気持よささうですね。経費も安くてすむ。問題なのはただ一つ、効き目はどうかといふことですが……これはどなたか試して、報告して下さいませんか。

スターリンの肖像画

藝術家伝説といふ概念がある。ここで言ふ藝術家とは、まあ、画家と彫刻家が七分か八分を占め、残る二分か三分に詩人や作曲家や演奏家や役者がはいつてゐるやうだ。つまり美術家中心。さう考へるとわかりやすい。

エルンスト・クリスとオットー・クルッといふ、ワールブルグ学派の美術史学者二人の共著に『芸術家伝説』（ぺりかん社）があつて、わたしはこれで知つたのですが、これは、藝術なんて魔法みたいなことができる人間は不思議な連中だなあ、といふ気持のせいでいろいろな伝説ができてゐる、一つそれを調べてみようといふ本で、藝術家と鑑賞者、藝術と人間との関係が一風変つた角度から切取られ、じつにおもしろい。今度久しぶりに読み返して、読みごたへあるなあ、と改めて感心しました。

著者たちに言はせると、藝術家の逸話には典型的なモチーフがいくつかある。

たとへば、数奇な星の下に生れたといふ話。

ヴァザーリのピエリーノ・ダヴィンチ伝によると、ピエリーノが三歳のとき、占星術師と手相見が彼（レオナルド・ダヴィンチ）の輝かしい将来を予言した。

たとへば、師なくして学んだといふ話。

アレクサンドロス時代の大彫刻家リュシポス（前四世紀）ははじめ銅細工師であつたが、あるときたまたま同郷の画家エウポンポスが「あなたは誰に絵を学んだのですか」と問はれて、かう答へるのを聞いた。エウポンポスは群衆のほうを指さして、「この人たちがみんなわたしの師匠」と答へたのである。リュシポスはこれによつて、「模倣に値するのはただ自然のみだ。過去の巨匠ではない」といふ教へを学んだ。

たとへば、少年期に才能が発見される、といふ話。

ジオットは農夫の子だつたが、父親の飼つてゐる羊の番をしながら、岩や砂地の上に羊を描いて楽しんでゐた。あるときそこにたまたまチマブエが通りかかり、この羊飼ひの少年に非凡な才能があることを認め、家に連れて行つた。そして、後年イタリア最大の画家となるこの少年に、本格的に絵の技術を教へ込んだのである。

かういふ調子の逸話がおびただしい。それがすなはち世界美術史、と考へると話が早いくらゐだ。中国でも、日本でも、おんなしです。

ぺりかん社版の本には大西広さんが『日本・中国の芸術家伝説』といふ一文を補説として寄せてゐるのですが、そのなかに、たとへば「動物の絵を描いて見出だされる」といふ項があつて、次のやうな逸話が並んでゐる。ジオットの羊もさうだけれど、動物が才能発見伝説必須の小道具なんですね。

唐の韓幹は少年時代、酒屋に勤め、客の家に酒を届ける仕事をしてゐた。王維（詩人にして画家）の家にも届けたが、あるとき地面に馬の絵を描いて見せたところ、王維が見て感心し、以後十数年間、毎年、銭二万を与へて絵の勉強に専念させた。

日本では室町期の画家、等春の話がある。等春はわたしの持つてる事典類には出て来ない画家ですが、周文の弟子だから、つまり雪舟と相弟子といふことになる。周文が備前の国へ行つたとき、一人の牧童に会つた。この少年は馬の絵を上手に描いたが、その馬には脚が一本足りなかつた。周文が訊ねると、牧童いはく。「あなたも画家なら御存じでせう。これで勢ひが出るのです」と。周文はこれは只者でないと感じ入つて、彼を都に連れ帰つた。この牧童はやがて一流の画家となつた。

このほか藝術家伝説の型はさまざまありますが、わたしが興味を覚えたのは、これがたいていピカソの場合に当てはまることですね。古代ギリシアとか、唐とか、室町とか、さういふ大昔と違つてついこのあひだの二十世紀の人なのに、きれいに適合する。ひよつとすると伝説ではなく実話なのかもしれないし、あるいはまた現代のジャーナリズムは遠い昔から伝はる説話の型を平気でなぞつてゐるのかもしれない。両方だ、といふ考へ方もありますね。ある程度は史実があつて、しかもそれを語るときに語り手が伝説の型に流し込む。さういふことも充分にあり得るでせう。ピカソは現代人でありながら、それほど典型的な画家なのだ、と考へることもできる。

理屈はともかく、どんな具合なのか、その実物をお目にかけます。ローランド・ペンローズの『ピカソ　その生涯と作品』(新潮社)におほよそこんなことが書いてある。

わたしの言葉に書き直して紹介しますよ。

パブロ・ルイス・ピカソが生れたのは一八八一年十月二十五日夜十一時十五分、マラガにて。ちようどそのとき、町の白い家々の上に真夜中の空から落ちて来る光は、惑星や主な恒星の淡く入りまじる不思議な輝きだけであつた。大勢の占星術者たちは、星の組合せと対立の異様さに気がついて、星々の霊的な影響力と稀有な才能との関係を明らかにしようとしたのだが、どうもうまくゆかなかつた。ピカソの生れた時刻を確めようとしても、その出生證明書を直接調べることが、誰にもできなかつたからである。

ひよつとすると、これはピカソ自身が作つた手製の伝説かもしれませんね。彼なら、このくらゐの自己美化、平気でやりさうだ。

師匠がなかつたといふのも該当します。

ピカソの父ドン・ホセは画家で、画家としては大したことがなく、サン・テルモ美術工藝学校の教師と市庁舎のなかにある小さな美術館の管理者を兼ねて暮しを立ててゐた。こんなわけだから、父は師匠にはなれなかつたし、それにピカソには先生なんか要らなかつた。十四歳のときバルセロナの美術学校にはいつたのだが、飛び級でいきなり最上級に入れられたし、それに入学以前に公募展で入選するといふ腕前だつたからである。

動物を描いて認められるといふのも、ぴつたりの挿話がある。

父ドン・ホセは小鳥を描くのが得意で、なかでも鳩がお気に入りのモチーフだつたし、マラガの、ピカソ父子の家の近くにあるラ・メルセド広場には子供が多く、そして子供よりも多かつたのは鳩であつた。プラタナスの並木には鳩が群がつてゐて、ピカソはいつも家の窓から熱心に見てゐた。

彼が十三歳のとき、父ドン・ホセは自分が描いてゐる鳩の絵の、足の部分を息子に手伝はせた。その足がじつに生き生きと描けてゐたこと！　父は感動のあまり、自分のパレットと絵筆と絵具を息子に譲つた。これは岩波「世界の巨匠」のピカソの巻にあるダニエル・ブーンの解説で読んだ話。

つまりピカソは子供のときから鳩を描くのが好きだつたのだ。これはグッと来る話ですね。ほら、誰だつて知つてる、第二次大戦後ピカソが共産党員になつて、党の運動のためにたくさん描いた平和の鳩。あれは実はこの幼時体験に由来するものなのです。世界を席捲した鳩は子供部屋での観察にはじまつた。

もつともピカソの鳩にはいろんな説話がまつはりついてゐますね。この百年間における最も重要なイメジャリの一つですから無理もないけれど。

ここでちよつと余談。この百年間の重要なイメジャリをいくつかあげると、たとへば右手をあげるハイル・ヒトラーの敬礼なんてのもさうである。地下鉄の風でふはりと持ちあげられるマリリン・モンローのスカートもさう。こつちのほうが上だつてことにしたいね、個人的な意見としては。

あのピカソの鳩は、実はマチスから貰つた鳩だなんて言はれるけれど、そのもつと底を探ると、故郷の町の広場の思ひ出にまでさかのぼるものなんです。さう考へると、あの鳥

たちの魅力も何となく納得が行つて、気持が落ちつく。
ところでわたしの野次馬的な関心を惹くのは、ピカソの平和の鳩はもともと偶然によつて生れたものだといふ皮肉な事情であります。
アラゴンと言へば、フランス左翼文学の大物で、左翼文化新聞「レットル・フランセーズ」の主筆でありますが、彼は、一九四九年四月のパリ平和世界会議のシンボルに、アンドレ・フージュロン（フランス社会主義リアリズムの代表的な画家）の傷ついた鳩の絵を使はうと思つてゐた。ところがミラノの鳩（これがマチスからの贈り物）を描いたピカソのリトグラフを見て、急に心変りしたのですね。もちろんアラゴンには、オリーブの枝をくはへた鳩がノアの方舟《はこぶね》に帰つて来るといふ説話の意味合ひがよくわかつてゐたし、ピカソの力量と名声についてはまつたく疑問がなかつた。そこで鳩は、共産主義的な平和のメッセージと画家ピカソの名前とを全世界にひろげることになつたのです。ポスターにも、切手にも、スカーフにも、ピカソの鳩は使はれた。といふよりも、じつにいろいろな媒体のためじつにいろいろな鳩をピカソは描いた。少女の顔に寄り添ふ鳩、檻の前を翔ける鳩、鳩とオリーブの枝によつて作りなされた少女の顔、鷲（怪物？）と闘ふ鳩。

藝術家伝説にはほかにもいろいろ説話の型があります。たとへば、名匠の描いた（彫つた）動物が動き出す、なんて。左甚五郎の龍とか応挙の虎とか、これは改めて説明する必要ないでせう。

ただし、これはピカソにはありませんね。いくら何でも無理だつた。科学が大衆の意識に浸透してゐたから。

二人の名匠を強引に結びつけるといふのも型です。これは前に紹介した大西広さんの補説で知つたことですが、たとへば雪舟（一四二〇―一五〇六？）と雪村（十六世紀はじめの生れ）とは出会つてゐないのに、師弟であつたとされてゐるし、刀鍛冶の正宗（一三四三没）と村正（一三四一生）とは、こんなこと絶対に不可能なのに、正宗が村正の鍛冶場の音を聞いて批評したといふ話が伝へられてゐる。大衆には名人二人を何とかして結びつけたいといふ欲求があるんですね。将来は、ピカソの鳩はマチスから貰つたといふ説も、こんな調子で、眉唾物だなあとされるかもしれない。

女性関係にまつはる逸話も多い。名作のモデルが恋人だ、とか、次々に女と関係し、捨てた、とか。ピカソの場合、これがむしろ多すぎるほどであることはみなさん御承知の通り。何も今さら、ここで改まつて並べ立てる必要はないでせう。

しかし彼には、ほかの画人伝にはない（すくなくともわたしは知らない）型の逸話がある。

これはピカソの母親が好んで語つた話ださうですが、彼が生れて最初に口にした言葉は「ピス、ピス」といふのだつた。これは「ラピス（鉛筆）をおくれ」といふ要求で、彼はそのラピスをもらふと、何時間もじつにしあはせさうにぐるぐると線を描いて、これはお菓子だと説明したといふ。

長じてのちは女体を描いて満足することになる者が、子供のころはお菓子を描いて楽しむ。首尾一貫してますね。モチーフは常に一番の好物であるわけだ。

ところで、お釈迦様が生れて来て最初に「天上天下唯我独尊」と言つたといふやうな、人生において最初に口にした言葉を「初語」といふのですが、筆や絵具に関する台詞が初語である大画家なんて、そんな逸話、聞いたことがない。やはりピカソはいつも新手で攻めて来る。

また、大画家を権力者と同等あるいはそれ以上に扱ふのも藝術家伝説の重要な型ですね。たとへばデューラーが絵を描くとき、皇帝マクシミリアン一世はある貴族に命じて梯子を支へさせた。ティツィアーノが落した絵筆をカール五世が拾つてやつた。

かういふ逸話の原型ともいふべきものは、みなアレクサンドロス大王が登場人物になつてゐます。アレクサンドロス大王が藝術について愚かな発言をしたときアペレス（わたしの持つてる事典類には載つてないが前四世紀の画家）は大王を叱りつけた。このアペレスが恋に悩んでゐるとき、大王は自分の愛妾を与へた。そして後代、ある枢機卿の侮蔑的な態度に憤慨したレオナルドは、このアレクサンドロス大王が愛妾をアペレスに譲つた話を出して、たしなめたといふ。これはパンデッロの『小話集』にある話ださうです。

東洋にもあります。これも例の補説から。

明末の陳洪綬は画師でありながら士人としての誇り高く、興が湧かなければ、宰相のためにも絵を描かなかつた。さる高官が一計を案じ、船中の酒宴に彼を招いて、舟が中流にさしかかつたころ、紙と筆を出して絵を描くやう求めた。

陳洪綬はたちまち素裸《すつぱだか》になり、それならここから身を投げると叫んだので、高官もそれ以上に求めることはできなかつた。

狩野元信の仕事場に十数人の武士がはいつて来て、仕事ぶりを見ながら、あれこれと批評をした。そのなかには、当時、上総介であつた織田信長がお忍びで来てゐたが、元信はそれとわかつてゐながら、普段通りに絵を描きつづけた。後に隣人から注意されたとき、「向うもこつそり来てたから、こつちも構はないでゐたのさ」

と言つた。

まあこんな調子の話。

しかしこれが、ピカソの場合にはじつに突拍子《とっぴょうし》もないことになるのです。権力者と画家の渡り合ひ方の話として、こんなのは読んだことがなかつた。

ガーティ・R・アトリー著『ピカソ　共産党員としての歳月』といふ本で読んだことを紹介します。これが今回の主題です。どうも前置きが長くなりすぎましたが、これは何となくさうなつてしまつた。お許しあれ。

なほ、著者名の Gertje R. Utley の片仮名表記、これはあやしいねえ。ぜんぜん自信がない。

辞書を引いても、もちろん出て来ない。原書のラパーの折り返しにある紹介で、アメリカ在住の女の人であることはわかりましたが、何系の人なのかもわからないし（つまりスラブとか北欧とか）、従つて原語での発音を探る手だてもない。それに、もしそんな情報が入手できたつて、アメリカ社会ではどう発音されてるかといふ問題がある。えーと、ラパーといふのは日本語のカヴァーのこと。英語で Cover は日本の表紙のことです。ややこしいね。

ここでちよつと横道にはいりますよ。人名表記の話です。

昔、研究社『英米文学辞典』第二版が出る前、英米文学関係の若手に会ふと、誰もがきつとぶつぶつ言ふ。あの辞書の項目をいくつか頼まれてゐるのだが、人名表記が不明だといふのです。編集部は、かならず片仮名と発音記号で書いてくれときびしく求めるけれど、何を調べても書いてないのがある、と愚痴をこぼすのですね。悩んだあげく、直接本人へ手紙を出し、発音記号で三通り書いて、貴殿の名前は①か②か③かなんて訊ねた学究もゐた。

ところが返事には「どれでもかまはない」とあつたんださうです。

「そんな無茶な話ありますか」

と嘆いたり、

「つまりローマ字綴りが大事で、あとまあ適当に、といふことでせうね」

と納得したりしてゐた。

これは中国人名だつてさうでせうね。北京の発音で言ふのと、生地の発音で言ふのと、かなり違ふ。どれが本式か。漢字表記が本当で、発音はどうでもいいのである。われわれ日本人は仮名といふ調法なものを持つてゐるから、ここの所が理解しにくいのだ。

ピカソに戻ります。

アトリーさんの本に大きくよりかかつて書いてゆきますよ。共産党の宣伝では、肖像は大きな役割りを担つてゐました。従つて、共産党の画家の大物、ピカソはいろんな人の肖像を描かされた。頼まれて、引受けたんですね。青年時代のガートルード・スタインの肖像みたいな油絵は手がけなかつたやうで、素描ばかりですが、いつぱい描いてゐます。

一九五一年には紙にインクでアンリ・マルタン（インドシナへの武器輸送を拒否したフランス海軍の水兵）。五二年にはインクでニコス・グロイエス（ギリシア共産党中央執行委員）。五四年には紙にインクで、ローゼンバーグ夫妻（原子爆弾設計スパイ容疑で逮捕、処刑された）。五九年にはフェルトペンでフレデリック・ジョリオ゠キュリー。

おもしろいのは、かういふ場合に、写真を敷き写しして特徴をとらへてることもあるんですね。ピカソ所蔵のジョリオ゠キュリーの写真には、鉛筆で目鼻立ちをなぞつた跡がはつきりついてゐる由。

へえ、ピカソがそんなことするのか。

まるで小学生みたいぢやないか。

かういふのは古今東西の藝術家伝説を探しても見つからないなあ。

わたしはびつくり仰天して……偉くなると何をしてもいいのだといふ結論に到達したのです。平凡な結論で申しわけない。

ところで、その巨匠が決して描かうとしない左翼的人物があつた。

スターリンです。

左翼関係者は、彼はきつとスターリンの油絵の肖像を描いてくれると思つてゐたのに、言を左右にして、逃げまはつてゐました。四九年、スターリン七十歳の誕生日のときなんか、グラスをかかげて乾杯する図柄の上に「スターリン、乾杯」と書いたデッサンでごまかした。

本当のこと言ふと、これもいい絵でしてね。スターリンがこんなの描いてもらふなんて、不相応だよ。でも、スターリニストたちは不満だつたのですね。

しかし五三年三月五日、スターリンが死んだ。アラゴンは「レットル・フランセーズ」の追悼号を準備し、フランス共産党を代表する三人の文化人——彼自身、ジョリオ＝キュ

リー、そしてピカソによつてその新聞の第一面を飾らうと決心した。

今度はピカソも受諾しました。アラゴンはほつとした。

出来あがつたものは、太目のクレヨンで描いた青年時代のスターリンで、わたしの見たところではじつにすばらしい、魅力的な肖像である。ピカソは当時関係のあつたジュヌヴィエーヴ・ラポルトに、

「軍服も着てなければ勲章もつけてない、民衆の一人としてのスターリンを描きたかつた」

と語つたさうです。さういふ感じ、じつによく出てる。スターリンのグルジア人らしさがうまくとらへられてゐるといふが、これはわたしには何とも言へない。しかし、

とにかくいいものですね。

この絵は締切りぎりぎりに届いて、まあ何とか間に合つた。

「レットル・フランセーズ」の追悼号の記事は、党関係文化人を総動員したもので、彼らの文章は（アラゴンとジョリオ＝キュリーのものも含めて）追従にみちみちてゐた。

一方、ピカソの絵はかういふ虚礼や阿諛とは対蹠《たいせき》的なもので、わたしに言はせれば率直で閑雅である。あんまり調子が違ひすぎて、そのため党員（スターリニスト的党員）には、大逆罪めいた、不敬なやうな、感じを与へたらしい。何しろ家父長的な、老いたる賢者スターリンといふイメージに全党がひれ伏してゐるときでしたから、そこへ青年スターリンをとつぜん差出されると、面くらつて、冒瀆だ！　と感じたのかもしれません。とにかくみんなカツカとなつたのですね。

お葬式のときは誰だつて何となく故人に対して敬虔な気持になる。その感情が大がかりに高まつてゐるとき、ふざけた（と見える）似顔絵を祭壇に飾られた……そんな見立てでゆけばわかりやすいかもしれない。

攻撃はまづ「レットル・フランセーズ」と同じ社屋にある「フランス・ヌーヴェル」と「ユマニテ」（どちらも共産党の機関紙）の内部から来た。両紙の労働者たちが、同志スターリンへの侮辱だと騒ぎ出したのだ。そして三月十三日、追悼号がキオスクに出ると、この肖像に対する抗議が殺到した。その結果、ルケールの率ゐる書記局がアラゴンを弾劾《だんがい》した。書記長トレーズはたまたま療養のためロシアにあつたのである。アラゴンはやむを得ず、「レットル・フランセーズ」と「ユマニテ」に自己批判の文章（かなり晦渋難解な、例のフランス知識人的なもの）を発表した。このとき最もきびしい批判を書いたのはフージュロンで、これは党内におけるピカソの位置へのやつかみを代表するものであつた。画家の反応としては、レジェからの電報もあつた。

アラゴンの妻エルザ・トリオレ（詩人）は、アラゴンが自己批判をしなくてすむやうルケールに嘆願したが駄目だつた。彼女は占領期にアラゴンといつしよに隠れ家に暮すなどしたのだが、生涯を通じてこの肖像画騒ぎのときほどつらい思ひをしたことはなかつた、と後に回想したくらゐである。何しろアラゴンは、とうとう自殺未遂事件まで起してしまつたんです。もつともこの詩人は、困つたときはいつも自殺未遂をやる癖の持主ではあつたけれど。

ピカソはどうしたか。

彼は新聞記者に囲まれて、あの肖像にはスターリンをからかふ意図はあつたかと訊ねられ、そんな気持、まつたくないと述べた。

「葬式のとき届けられた花や、流された泪については、とやかく言はないものだぜ」

とたしなめたといふ噂もあるけれど、これはかなりあやしい。

ピカソがジュヌヴィエーヴに、

「党といふのは大家族と同じでね、大家族のなかにはいつも詰まらぬもめ事を起すやつがゐるものさ」

と教へたといふのは、かなり確実らしい。これは、大家族の多いスペインに生れ育つた男の台詞らしくて、信用が置けると思ふ。

愉快なのは、画家をなだめるためアラゴンが派遣した編集長ピエール・デックスに向つて、ピカソが口にした放言のかずかず。長くつづく台詞のなかから適当に抜きます。

「おれが本当のスターリンを描いたらどうなるつてんだ。皺《しわ》だらけで、眼の下には袋が垂れてゐて、いぼだらけだぞ」

それからまた、

「ギリシア神話みたいなヌードのスターリンてのはどうだ。あいつの男らしさはどうなる？　古典彫刻のペニスは……うんと小さいぞ。でもスターリンだからな。あいつはほんとの牡だつた。牡牛だつた。だからスターリンは、ギリシア彫刻みたいにいつも勃起してなきやならないことになる。いや、待てよ。社会主義リアリズムでゆけば、勃起してるスターリンなのかな？　してないスターリンなのかな？」

さて、トレーズはモスクワにゐるとき、この件の処理の仕方はまづいといふ電報を打つたのですが、四月九日にパリに帰つて来ると、「レットル・フランセーズ」に彼の遅すぎる詫び状を発表して、事を収めました。

後年（一九七〇）トレーズは自伝のなかで、彼がパリに戻ると、最初に訪ねてくれた客たちのなかにはピカソがあつた、そしてピカソはトレーズの処理の仕方に感謝してゐた、なんて書きました。しかし実は、トレーズがピカソを訪れて、党の態度について謝つたのださうです。

これはもちろんさうに決つてるよ。ピカソは共産党と仲たがひしたつて、何一つ失ふものはないし、共産党のほうは大損だもの。それに、のこのこお詫びにゆくやうな律義で小心なピカソ、考へられますか。

政治家といふのはどうしてこんな所で見えすいた嘘をつくのでせうね。虚言癖だね、あれは。折角の大物が、粒が小さくなる。残念です。

さて、後日譚をもう一つ。

一九五四年夏、共産党はスターリンの罪状をしぶしぶ認めはじめた（フルシチョフの批判演説は五六年）。

このときピカソはデックスにかう述べた。

「もう少し経つと、おれの描いた肖像画はよすぎるなんて言はれるんぢやないかね」

そしてまた別のときに、

「若いスターリンを描いたのは運がよかつたな。スターリン爺さんは御用画家に任せて置けばいいのさ」

蛙の研究

このところ蛙に凝つてゐる。凝つてゐると言つたつて、飼つてるわけぢやありません。あんなもの、ついうつかりすると部屋のなかを跳ねまはつたりして大変でせう。餌も厄介だ。とても面倒みきれない。わたしはただ単に文学に現れたる蛙の研究をしてゐるだけである。もつとも、研究と言つたつて、ちよつと本を読んだり、辞書を引いたりするだけのこと。

日本文学には蛙がむやみに多いんですね。そして外国文学には滅多に出て来ないやうな気がする。これはひよつとすると、わが文学の一特質ではないでせうか。

もちろん西洋文学だつて、すこしは出て来ますよ。古代ギリシアにはアリストパネスの喜劇『蛙』があつた。しかしあれは蛙が主役の芝居ぢやないんです。

悲劇作者エウリピデスが亡くなつたとき、エウリピデスびいきのディオニュソス（悲劇の守護神です）は、彼をこの世へ連れ戻さうとしてハデス（冥界）へ下る。ところがこのディオニュソスが、臆病だし、不様でしてね。死者の渡る湖（三途の川のやうなものと思つて下さい）では自分で船を漕ぐ羽目になるし、湖の蛙との歌合戦では蛙たちの鳴き声に屁をもつて対抗する。まあ大体このへんまでが喜劇の前半ですが、『蛙』といふ題はこの湖の場面からつけられたので、蛙そのものは戯曲全体から言へば別に何てことないのだ。なーんだ、てな題のつけ方である。さう言へばわたしは中学何年生かのとき、谷崎潤一郎『蓼喰ふ蟲』を読んで、小説と題との関係がよくわからなくて考へこんだのであつた。可憐なものでした。

えーとそれから、ドイツ文学で有名な蛙はグリム童話の『蛙の王様』しかゐないし、ほかにあるかもしれないが、わたしが思ひ出さない以上、ないも同然だし、シェイクスピアではハムレットもオフィリアも、その他いろいろさまざまの登場人物も、蛙の出て来る名せりふなんて口にしないし、口にしたかもしれないが忘れてしまつた。もともと覚えてないといふこともあり得るだらう。

ところが、わが文学にはうじやうじや蛙が出て来るんですね。これも当然の話で、そもそも日本文学は蛙からはじまるのである。

『古今和歌集』の仮名序に、

花に鳴く鶯、水に住む蛙《かはづ》の声を聞けば、生きとし生けるもの、いづれか、歌を詠まざりける。

とあるやうに、鶯だつて歌を詠む、蛙だつて歌を詠む、人間が負けてたまるものか、一つわれわれも大いに歌を作つて、幽霊を感動させたり、恋の相手の心をとろけさせたりしようぜ、といふのが日本文学の原点であつた。『伊勢物語』だつて『源氏物語』だつて、この覚悟それとも心意気から出発したのである。日本人の感情生活は歌を中心にしてゐたし、そして物語は歌の成立事情をつぶさに語る形で書かれたのでした。

と述べた上で、ちよつと断つて置かなくちやならないことが二つある。

第一は『万葉集』のことです。日本文学の原点は『古今』ではなく『万葉』ぢやないかと言ふ人がきつとゐさうな気がする。

これは誤りです。すくなくとも実際に即してゐない。

夏目漱石は、教室で訳をつけたとき、学生から、

「先生、でも、辞書にはかうあります」

と言はれて、

「辞書を直して置け」

と答へたといふけれど、もしもいま、日本文学を長く導いたのが『古今』ではなくて『万葉』であると説く教科書があるならば、たとへそれが文部省の検定に合格してゐたって、これはやはり正さなければならない。「直して置け」である。大間違ひですから。

もちろん『万葉』のほうが古いですよ。しかし、長いあひだずつと埋もれてゐた。『古今』全盛の世がつづき、その撰者紀貫之の支配が圧倒的だつたのです。だからこそ明治の昔、正岡子規は、文学革命の火蓋《ひぶた》を切るに当つて、

「貫之は下手な歌よみにて『古今集』はくだらぬ集に有之候」

と啖呵《たんか》を切つた。もしも『古今』と貫之の権威が地に落ちてゐたら、子規がこんなふう

に言ひますか。そして、そこまで言はれても日本人全体は、和歌とはすなはち『百人一首』のやうなもの（言ふまでもなく『古今』調に基づいてゐる）と思ひ込んでゐたから、それに腹を立てた「アララギ」派の歌人たちは『万葉』を宣伝する際に、あんなに喧嘩腰になつて、どなりちらしたのである。『万葉』が勢ひを得たのは、この「アララギ」派のごり押しが功を奏したのと、それからもう一つ軍国主義のおかげですね。昭和十年代、軍人が何かの一つ覚えみたいに防人《さきもり》の歌をかついで騒いだせいで、『万葉』の位置が突出し、確立したのでした。

ですから、日本人がずつと『万葉』を手本にしたり心のより所にしたりしてきたといふのは誤りで、本職の歌人も素人も『古今』が歌の本流と心得て詠みつづけてきた。つまり、みんなが鶯や蛙と張合ひつづけたのです。

そして第二は、『古今』仮名序の「蛙《かはづ》」はカヘルのことかどうかといふ問題。「蛙」はカジカだといふ説もあるのだ。

『岩波古語辞典』を引くと、

①〔河蝦〕カジカ。川の清流にすみ、初夏から秋にかけ、多く夕方から夜中・朝にかけて、澄んだ美しい声で鳴く。「夕さらず（毎夕）――鳴く瀬のさやけかるらむ（万三

五六）②〔蛙〕カエル。「よひごとに――のあまた鳴く田には」（伊勢一〇八）▽上代・平安では、「かはづ」は歌語として使われたが、「かへる」はほとんど歌によまれなかった。

とあります。歴史的にはカジカのほうが古いのですね。

ここで打明け話をしますと、わたしは『万葉』のカハヅがカジカだといふのはいちおう知つてゐた。知つてはゐたけれど、それ以上は考へなかつた。そして『古今』仮名序のカハヅはカヘルだと思つてゐた。これは何となくさう思ひ込んでゐたのですが、何か理由を言はなきやならないとすれば、

手をついて歌申し上ぐる蛙かな　宗鑑

といふ古句のせい、と言つて置きませう。これは明らかに『古今』仮名序のカハヅを踏まへてゐるし、明らかにカヘルですから、それで仮名序のカハヅはカヘル、と思つてゐた、やうな気がします。ちなみに言ふ。宗鑑は十六世紀の連歌師で俳諧作者。『犬筑波集』の編者。

ところが最近、岩波「新日本古典文学大系」本『古今和歌集』のこの箇所の注に、

自然を四季で、四季を春・秋で、春・秋を鶯・蛙（今のカジカの類）で代表させる。まな序「若夫春鶯之囀……」参照。

とあるのに気がついたのですね。『古今』のカハヅもまたカヘルではなくてカジカだといふのだ。びつくりしましたが、春と秋で四季を代表させるといふのは筋が通つてますし、春に鶯を当てるのにはもちろん不服はない。秋に河鹿といふのも、よくはわからないけれど、旧暦で行つて多少無理をすれば、それも成立たないことはなささうな気がする。

そして念のため『古今』真名序（漢文の序）を覗いてみると（書き下しでゆきますよ）、

若し夫《そ》れ春の鶯の花の中に囀り、秋の蟬の樹の上に吟《うた》ふは、曲折無しと雖《いへど》も、各《おのおの》歌謡を発《いだ》す。

とある。春と秋で行つてますね。ただし、秋は蟬になつてゐる。そしてこの箇所の脚注には『詩品』といふわたしには初耳の本（中国の本でせう）の序に「若乃春風春鳥。秋月秋

蛙……」とあると記してあります。秋の蟬が秋の蛙になつてゐる。これはいよいよカヘルではなくカジカなのか。

でも、そもそもカジカとは何なのかと思つて、小学館『日本大百科全書』を引いてみました。

さうするとカジカ〔杜父魚・鰍・河鹿〕のところに「硬骨魚綱カサゴ目カジカ科の魚類の総称」とあつて、次に和名カジカは、「北海道南部から本州、四国、九州の河川に広く分布し、上流域の瀬で玉石の多い所にすむ。鹿肉のようにうまい魚という意味で河鹿とも書く」とある。「石川県金沢名物のゴリ料理は大部分ハゼを用いるが、かわりにカジカを用いてマゴリと称して珍重する」ともある。わたしは金沢の近くの鶴来でゴリをつかまへる遊びをしたことがあります。もつとも、酒ばかり飲んでゐて、ゴリはなかなかつかまらなかつた。何しろ小さいからね、酔眼ではうまくゆかない。でも、あれは本当の魚ですよ。鳴くはずはない。あれが鶯と並ぶのはをかしいな、と思つて同じページの横を見たら、**カジカガエル**といふ項目が目に跳び込んで来た。

カジカガエル〔河鹿蛙〕学 *Buergeria buergeri* 両生綱無尾目アオガエル科のカエル。本州、四国、九州の山地の渓流に生息する。背面は灰褐色か茶褐色で、大形の暗色斑《はん》

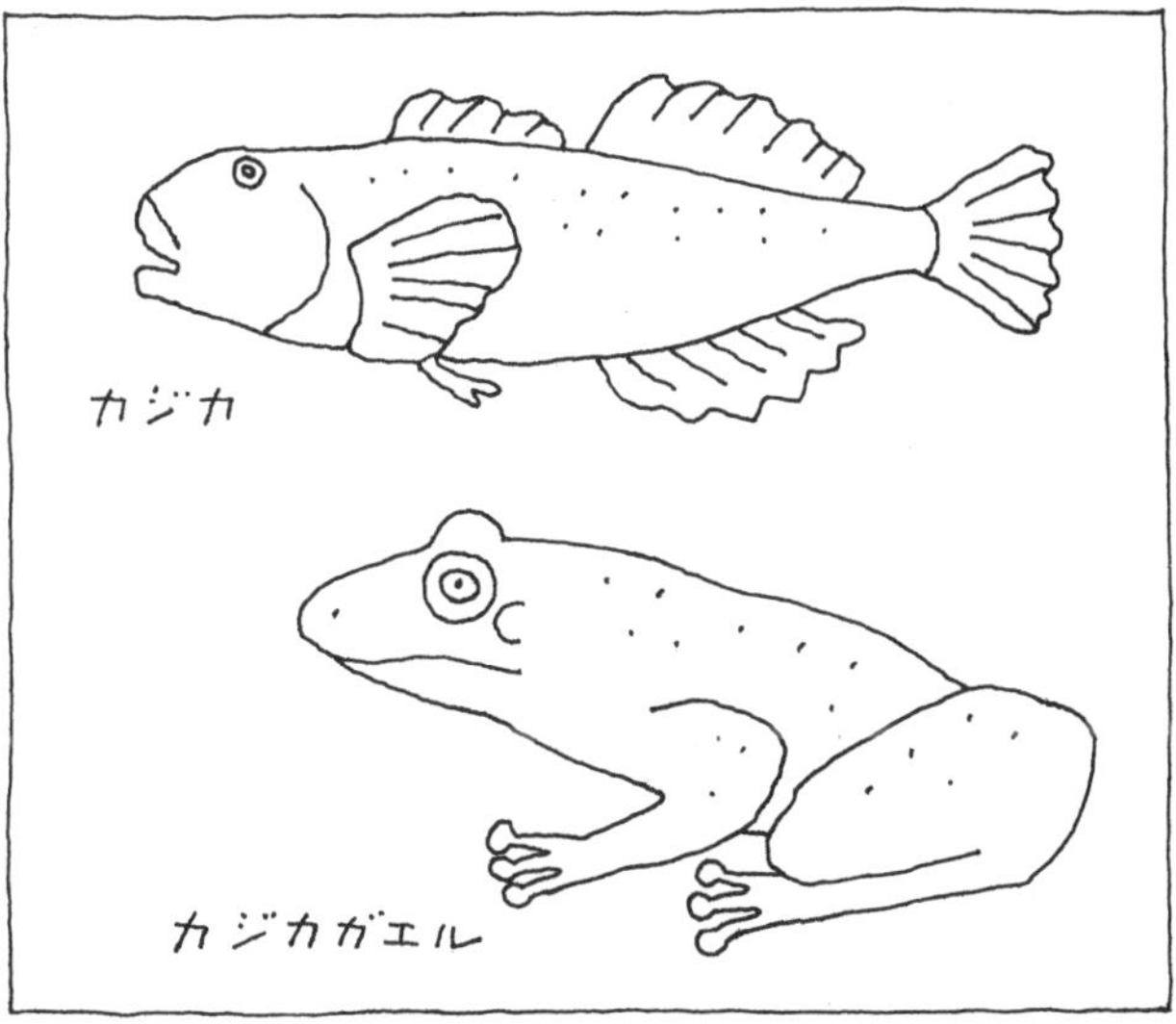

が散在する。腹面は白色か灰色。頭胴はやや扁平《へんぺい》である。指端に吸盤をもつ。雄の体長約四センチに対して雌は大きく約七センチ。五月ごろから雄は流水中の石の上や河原で鳴き始める。鳴き声はヒュル、ルル……と笛を吹くように聞こえ、河鹿の名はシカの声に似ることに由来する。古くから鳴き声の美しさでよく知られ、飼育する人も多い。卵は黒色で大きく（径二・五ミリ）、比較的固いゼリー層に包まれた五〇〇個ばかりの卵を含む卵塊がよどみの石の下に産卵される。幼生は口部で岩に吸着することができる。産卵期以外は渓流周囲の陸上で生活し、木に登ることもある。昆虫やクモを捕食する。琉球《りゅうきゅう》諸島と

台湾に分布するニホンカジカガエル *B. japonica* はこれより小形で体長三《チセン》内外。水田や人家周辺の溝にごく普通にみられ、浅い止水に産卵する。〈倉本　満〉

つまりカジカといふ名のカヘルなんですよ。これなら鳴くのもわかるし、蛙といふ字を書くのも当り前である。

魚のばあひには肉の味が鹿の味に似てるから「河鹿」と書いた。そして蛙のときは鳴き声で鹿を連想したから「河鹿蛙」になつたんぢやないか。

ついでに片桐洋一さんの『古今和歌集全評釈』に当つてみると、『古今和歌集正義』以来、カハヅは秋に鳴くカジカだといふ説が全盛だが（ただし竹岡正夫さんだけは別）、『万葉』にだつて春に鳴くカハヅは読まれてゐる。『かはづ』は今の蛙や河鹿の総称であつたと見るほかはあるまい」としてゐる。わたしはこれに賛成ですね。

真名序の影響を受けて「春の鶯、秋の河鹿」と解する必要もあるまいといふ片桐さんの説にも同感しました。『詩品』序の「秋月秋蛙」はちよつと気になるけれど、それは『古今』には直接関係ないものですから、仮名序は春のことを念頭に置いてゐた、早春の鶯と晩春の蛙をもつて美声の動物を代表させたと見て、いいと思ひます。

こんなわけで、何しろ最初の勅撰集である『古今』の位置は高いし、その序文に鶯

（！）と並んで出て来るのですから、蛙は日本文学に確乎たる地位を占めることになりました。

たとへばあの和歌の家元、藤原定家の撰した秀歌撰『秀歌大体』は一一二首の名歌を引いてありますが、そのなかに蛙の歌が三首ある。一首に百匹ゐるとしても（ゐないかな？）、三百匹鳴いてることになります。

蛙《かはづ》なく神《かむ》奈《な》備《び》川に影みえて今やさくらん山吹の花　厚見王

都びときてもをらなむ蛙なくあがたの井戸の山吹の花　橘公平女

蛙なく井手の山吹ちりにけり花のさかりに逢はましものを　読人しらず

こんな調子で蛙は風雅な動物としてもてはやされました。和歌でしきりに詠まれたあげく、とてつもない成功を収め、一躍、わが文学の大スターとなつた。言ふまでもなく、例の芭蕉の古池の句ですね。何しろ一芭蕉の代表作ではなく、俳諧全体の代表作の主役を取つたのですから、話が花やかだつた。『古今』は蛙の声で行つてゐるのに、芭蕉は蛙の立てる水の音にした。これが趣向だつたんですね。

也有の『うづら衣』に『蛙歌』なる一篇がありますが、これも、

蛙〻、すみよしの浦のみるめのかりならぬ、古今の序にのこされて其《その》徳のたかきや。

にはじまり、途中いろいろあつて、おしまひは、

かはづ〳〵、深川の古池にさびしき音をきかせて、おきなのゆめをさましたる、其《その》功のうへなきや。

ですが、たしかにあのとき蛙が芭蕉の夢を覚まさなければ日本文学はどうなつたか。あれは、蛙の大手柄でした。

そして愉快なのは、蕉門の連中も蛙には感謝してゐたらしく、芭蕉をまじへて、一夕、あの句を筆頭とする蛙づくしの句合せを試みてゐることです。貞享三年（一六八六）の春、芭蕉が例の発句で評判になつたので、素堂、其角、仙化などが芭蕉庵で顔を合せたとき、

この遊びを思ひついて、その席にある者、ない者の蛙の句を合せて、判は衆議判（出席者のワイワイガヤガヤ）で行つた。別に判者は立てなかつた。それを仙化がまとめ、其角が板下を書いて、本にしたのらしい。遊戯気分の横溢したもので、ともすれば深刻に取られがちな古池の句の、別の一面がわかります。あまり知られてないと思ふので、紹介しませう。この『蛙合《かはづあはせ》』は岩波「新日本古典文学大系」の『元禄俳諧集』に収めてあつて、校注は大内初夫さん。しかし、引用に当つてはこのテクストに厳密に従ふことはしません。読みやすさを心がけてゆきます。

まづ、

第一番
左
古池や蛙飛こむ水のおと　　芭蕉
右
いたいけに蛙《かはづ》つくばふ浮葉哉《かな》　　仙化

此《この》ふたかはづを何となく設《まう》けたるに四となり六と成《なり》て一巻にみちぬ。かみにたち下におくの品、をの〳〵あらそふ事なかるべし。

古池の句のほうは何も言ふ必要ないでせう。仙化の作については「いたいけ」は可憐なさま、「つくばふ」は這ひつくばふ、ですね。どちらも春の句。

判詞は、「四となり六と成て」は、まづ二句を合せたのが、次にもう二句を合せることになり、さらにもう二句を合せて、の意。「かみにたち下におくの品」は、勝ちになつた句も、負けになつた句も、の意。

ただしこの第一番は持《じ》になつてますね。勝ち負けなしです。

第二番と第三番は略します。

第四番

左持　翠紅

木のもとの氈《せん》に敷《しか》るゝ蛙哉

右　濁子

妻負《おう》て草にかくるゝ蛙哉

飛《と》びかふ蛙、芝生の露を頼むだにはかなく、花みる人の心なきさま得てしれることにや。つまおふかはづ草がくれして、いかなる人にかさがされつらんとをかし、持《じ》。

どちらも春の句。「木のもとの氈」は花見の毛氈ですね。蛙がその下に敷かれてしまった。「妻負《おう》て」は、蛙の交尾の様子ですね。蛙は大きな雌が小さな雄を背中にのせるのですが、それを『伊勢物語』六段の、男が女を盗み出して芥川を渡るくだり、十二段の人の娘を連れ出し、武蔵野へ行つたが、国守の配下につかまり、娘を草むらのなかに置いて逃げた話などのパロディに仕立ててある。

芥川の情景は川柳に「やわ〳〵とおもみのかゝる芥川」とあるやうに、古来、娘をおぶって渡ったと解してゐる。それを蛙の、雌雄の大小が人間と逆になるのと重ねたもので、じつによく出来てゐます。わたしならこっちを勝ちにするな。

これは先程の『日本大百科全書』のカジカガエルの項目に、抱接中の雌雄の写真がありまして、キャプションに「雌（下）の体長7㎝に対し雄は4㎝ほどしかない」とあるのにぴつたりである。これをもつてしてもカジカがカヘルであることはわかるでせう。

それにしても不思議なのは、「蚤の夫婦」といふ成句はあつても、なぜ「蛙の夫婦」と言はないのか。まさか、蚤のほうが蛙よりも身近だつたせいとも思はれないが。

そしておしまひは、

第廿番

左　　　　そら

うき時は蟇《ヒキ》の遠音も雨夜哉

右　　　　キ角

こゝかしこ蛙鳴く江の星の数

うき時はと云《い》ひ出《いだ》して、蟾《ひき》の遠ねをわづらふ草の庵の夜の雨に、涙を添《そ》へて哀《あはれ》ふかし。わづかの文字をつんでかぎりなき情《コヽロ》を尽す、此《こ》の道の妙也。右は、まだきさらぎ廿日余リ、月なき江《え》の辺《ほと》リ、風いまだ寒く、星の影ひか〳〵として、声々に蛙の鳴出《なきいで》たる、艶なるやうにて物すごし。青草池塘処ゝ蛙《せいさうちとうしよしよのア》、約あつてきたらず、半夜を過《すぐ》と云《い》ひける夜の気色も其の儘《まま》にて、看《ミ》ル所おもふ所、九重の塔の上に亦一双加へたるならんかし。

曾良と其角、蕉門の大顔合せです。勝負は書いてない。持でせう。判詞の「わづらふ」は思ひ悩む。「草の庵の夜の雨」は藤原俊成「昔思ふ草の庵の夜の雨に涙なそへそ山ほととぎす」を踏まへる。「物すごし」は、ひどくさびしい。「青草池塘処ゝ蛙」は『聯珠詩格』にある絶句の引用。「半夜」は真夜中。「一双」は一層だらうと注釈者は言ひます。その通りでせうね。

おそらくこの判詞の筆者は芭蕉でせう。「星の影ひか〳〵として」なんて、いいですね。さすがにうまいよ。

現代の詩人たちも扱つてゐます。大手拓次には『藍色の蟇《ひき》』といふ詩集があつて、『藍色の蟇』および『灰色の蝦蟇《がま》』の二篇の詩を含む。

でも、蛙の詩人は何と言つても草野心平。生涯に蛙の詩を何百篇も作つたはずだ。そのうち『桂離宮竹林の夜』の出だしのところ。

こいらら　るびや　びるだあやあ
こいらら　るびや　びるだあやあ
こいらら　るびや　びるだあやあ

大竹林は青くけむり。
和讃をうたふ蛙たちには。
後光のやうな暈ができてる。

蛙たちの和讃《わさん》（声明《しょうみょう》の一種で、日本語の歌による仏教音楽）といふ見立てが愉快です。この詩を朗読してゐると、何だか、自分が坊さんなのか蛙なのか、今の東京にゐるのか千年前の比叡山《ひえいざん》にゐるのか、いや、ひよつとすると涅槃《ねはん》にあるのかもしれないぞなんて、渾沌としてくる。いい気持である。

さて、こんなふうに、他の国の文学と違つて日本文学で蛙の位置が図抜けて高いのはどうしてなのかしら。よくはわかりませんが、まづ雨量が並はづれて多い国なので、蛙も多く、眼に触れる機会も多く、親しみが深いといふ事情もあるでせう。とぼけてゐて楽しい、愛嬌があるし俳味がある、といふことも見のがせない。もちろん、危険とか害がないってこともある。

それにわれわれ日本人は、縮み志向なんて言はれるくらゐ小さいものに親近感を持ちますね。お雛様とか、雛段に飾る道具とか、盆栽とか。詩形だつて和歌も発句も短い。漢詩にしたつてとりわけ絶句を好む。本だつて文庫本を喜ぶ。その傾向を動物に及ぼすと蛙好きになるのぢやないか。

しかし唱歌（?）で言ふ「おたまじやくしは蛙の子」、あれとも関係ありさうだ。卵がおたまじやくしになり、おたまじやくしが蛙になる、子供がよく見て知つてゐるあの出世譚が、ちようど新之助が海老蔵になり（まだならないけれど、もうすぐだ）、海老蔵が團十郎になるみたいで、めでたいなあといふ気持も、すこしは作用してゐるのかもしれない。

ついでに言ひ添へて置けば、カヘルの語源は、

(1)元のところへかならず帰るの意（『和字正濫鈔』）

(2)ヨミガヘル（蘇生）の意（『松屋筆記』）

(3)その鳴く声がカヒルカヒルと聞えるの意（『雅語音声考』所収本居太平説）

(4)カヘは鳴く声、ルは添へたもの（『大言海』）

その他いろいろあるけれど、

(5)カヘル（孵）の意（『東雅』）

といふのが一番いい。われわれ日本人は卵→おたまじやくし→蛙と、カヘルのを見て、それであの小動物をカヘルと呼ぶことにしたのである。

初出誌　「オール讀物」

『花火屋の大将』　平成十三年二月号から十四年四月号まで連載

「影武者ナポレオン」　平成十年十二月号（八百号記念号）掲載

花火屋《はなびや》の大将《たいしょう》

平成十四年七月十五日　第一刷発行

定価はカバーに表示してあります

著　者　丸谷才一《まるやさいいち》
発行者　寺田英視
発行所　株式会社文藝春秋
郵便番号一〇二－八〇〇八
東京都千代田区紀尾井町三－二十三
電話　〇三－三二六五－一二一一（代表）
印刷所　凸版印刷
製本所　大口製本
© MARUYA Saiichi 2002
ISBN4-16-358690-3 Printed in Japan

万一、乱丁落丁の場合は、送料当方負担でお取り替えいたします。小社営業部宛にお送りください。

丸谷才一の本

思考のレッスン

「いい考え」とはどうしたら浮かぶのか？　考え方のコツ、究極の読書法、文章の書き方の極意を、具体的かつ実戦的に伝授する名講義

青い雨傘　＊

なぜ怪獣の名前に「ラ」が付くのか、ブランコが春の季語になった訳……。ハタと膝を打つ謎解きに快哉を叫ぶ。これぞエッセイの悦楽

男もの女もの　＊

キスを、豆腐を、００７を論じて、源氏物語からピタゴラスまで、古今東西の文学・思想に至る。ご存じ丸谷さんの至福の名エッセイ集

文藝春秋刊（＊文春文庫）